KB171631

두리틀 박사와 동물 이야기

두리틀 박사와 동물 이야기

휴 로프팅 글·그림

박 요셉 옮김

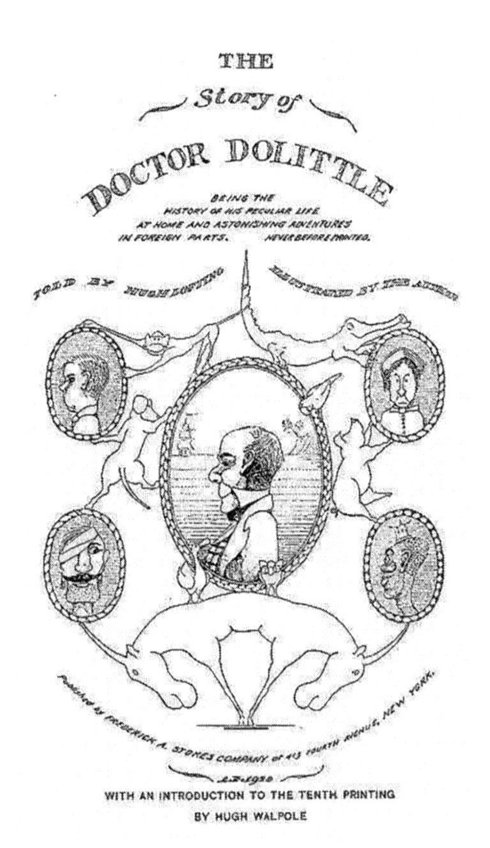

ASLAN BOOKS

목 차

'퍼들비 온 더 마쉬라는 작은 마을이 있었다.'

1

퍼 들 비

아주 먼 오래전 할아버지도 작은 아이였던 수십 년 전 한 박사가 있었다. 박사의 이름은 존 두리틀으로 아는 것이 많은 실력 있는 의학박사였다.

두리틀 박사는 퍼들비 온 더 마쉬 라는 작은 마을에 살았다. 박사는 어린아이부터 나이 많은 노인까지 마을의 모든 사람들에게 유명했다. 박사가 기다란 원통 모자를 쓰고 거리를 지나갈 때면 사람들이 "저기 그 박사가 지나가네! 저 박사가 굉장히 똑똑해"라고 말하곤 했다. 아이들과 개들 모두 박사의 뒤를 쫄래쫄래 쫓아다녔고 심지어는 교회 탑에 사는 까마귀들도 까악 까악 대며 고개를 끄덕였다.

박사는 마을 끝에 있는 작은 집에 살았다. 하지만 마당이 굉장히 커서 넓은 잔디와 돌의자 그리고 가지가 축 늘어져 있는 버드나무들이 마당에 있었다. 집에는 여동생 사라 두리틀이 가정부로 있었지만 마당만큼은 박사가 직접 가꾸었다.

박사는 동물을 굉장히 좋아해서 항상 많은 동물들을 키웠다. 아랫마당 연못에 있는 금붕어부터 시작해서 식량 저장고에는 토끼, 피아노 안에는 하얀 쥐, 침구 수납장에는 다람쥐, 지하 저장고에 고슴도치를 키웠으며 가축으로는 소와 송아지와 절뚝이는 늙은 말, 닭, 비둘기, 양 두 마리 등 많은 동물을 키웠다. 하지만 그중에서도 박사는 오리 댑댑이와 강아지 지프, 아기 돼지 굽굽이, 앵무새 폴리네시아 그리고 올빼미 투투를 특별히 좋아했다.

여동생 사라는 동물들이 온 집 안을 어지럽힌다고 종종 투덜댔다. 하루는 류머티즘을 앓고 있는 한 할머니가 박사의 집에 찾아왔다. 그런데 소파 위에서 자고 있던 고슴도치를 보지 못하고 그만 깔고 앉아 버렸다. 이후 할머니는 두 번 다시 박사의 집에 찾아오지 않았고 대신 토요일

마다 마을에서 16km나 떨어져 있는 옥센토프라는 다른 마을 의사를 찾아갔다.

사라가 박사에게 말했다.

"오빠, 집안에 동물을 이렇게 놔두면서 사람이 오기를 바라? 제대로 된 의사라면 고슴도치랑 쥐는 방에 넣어 놨어야지! 동물들이 쫓아낸 유명한 사람들만 벌써 네 명째야. 젠킨스 대지주님이랑 사제님은 아무리 아파도 우리 집 근처에는 얼씬도 안 할 거라고 하셨어. 게다가 이젠 돈도 없어. 계속 이렇게 살다간 높은 사람 그 누구도 오빠한테 진찰받으러 오지 않을 거야."

"나는 높은 사람보다 동물이 더 좋아." 박사가 말했다.

"제정신이 아니구나." 사라는 말을 마치고 방 밖으로 나갔다.

시간이 지날수록 박사는 더 많은 동물을 집으로 데려왔고 박사를 찾아오는 사람들은 점점 더 줄어갔다. 그리고 끝내 사람들은 더 이상 박사를 찾지 않았고 유일하게 동물을 신경 쓰지 않는 고양이 먹이 장수만이 박사를 찾아왔다. 그렇지만 고양이 먹이 장수는 그리 잘 사는 형편이 아니었다. 게다가 그는 오직 일 년에 한 번 크리스마스에만 아파서 박사에게 약 한 병값으로 6페스(약 550원-옮긴이)를 주는 것이 전부였다.

오래전 그 시절에도 일 년에 6펜스로 먹고살기엔 턱없이 부족했다. 만약 박사가 저금통에 돈을 모아놓지 않았더라면 어떻게 됐을지는 아무도 모르는 일이다.

하지만 박사는 계속 동물을 집으로 데려왔다. 말할 것도 없이 먹이값으로 많은 비용이 들어갔다. 모아두었던 돈은 계속 줄어갔다.

박사는 피아노를 팔고 피아노에 있던 쥐들을 책상 서랍으로 옮겼다. 하지만 피아노를 판 돈이 점점 줄어들기 시작하자 일요일마다 입던 갈색 정장을 팔았다. 그는 점점 더 가난해졌다.

이제는 박사가 기다란 원통 모자를 쓰고 거리를 걸어다니면 사람들이 "두리틀 박사다! 한때는 제일가는 박사였지만 지금 저 사람 꼴 좀 봐. 돈도 없고 양말에 구멍이 잔뜩 뚫렸잖아!"라고 말했다.

그렇지만 개와 고양이와 아이들은 여전히 마을을 누비며 박사를 쫓아다녔다. 박사가 부자였을 때와 같이 말이다.

‘이후 할머니는 두 번 다시 박사의 집에 오지 않았다.’

2

폴리네시아와 동물어

하루는 고양이 먹이 장수가 배가 아파 박사를 찾아왔다. 고양이 먹이 장수와 부엌에 앉아 이야기를 나누던 그날 모든 것이 시작되었다.

"의사를 그만두고 수의사를 하시는 게 어때요?" 고양이 먹이 장수가 물었다.

앵무새 폴리네시아는 창가에 앉아 바깥에 내리는 비를 바라보며 뱃노래를 흥얼거리고 있었다. 하지만 이내 노래를 멈추고 박사와 먹이 장수의 이야기에 귀를 기울였다.

"있잖아요, 박사님." 먹이 장수가 말을 이어나갔다. "박사님은 동물에 대해 모르는 게 없으시잖아요. 마을 수의사보다 더 많이 아시고요. 박사님이 쓰신 고양이 책 있잖아요. 와, 그 책은 정말 대단해요! 저는 글을 읽거나 쓸 줄 모르거든요. 쓴다면 회계장부나 좀 쓰겠죠. 아무튼, 제 아내 테오도시아는 학자인데, 저한테 그 책을 읽어줬었어요. 정말 엄청난 책이에요. 이 말밖에는 할 말이 없어요. 정말 대단해요. 박사님은 어쩌면 전생에 고양이였을지도 몰라요. 고양이가 어떻게 생각하는지 다 아시잖아요. 박사님, 동물들을 치료해주면서 돈을 많이 벌 수 있는 방법이 있어요. 제가 병든 개랑 고양이를 키우는 할멈들한테 박사님을 소개할게요. 그런데 만약 동물들이 별로 안 아파 보이면 상태가 안 좋아지게 먹이에 무언가 좀 섞어서 파는 거죠. 어때요?"

"안 됩니다." 박사가 재빨리 말했다. "절대로 그러시면 안 돼요. 그건 옳지 못한 행동입니다."

"아, 제 말은 진짜로 아프게 한다는 게 아니었어요. 그냥 조금 축 늘어지게 하자는 거였죠. 하지만 박사님 말씀대로 그건 동물한테 가혹한 일 같네요. 그래도 어차피 걔네들은 아플 거예요. 노인네들이 먹이를 너무 많이 주거든요. 그리고 생각해보세요. 농부들이 데리고 있는 동물

중에 멀쩡한 동물 보신 적 있나요? 말들은 다 절뚝대고 양들도 기운이 없어서 비틀대잖아요. 농부들도 올 거예요. 수의사가 되세요."

먹이 장수가 돌아가자 창가에 앉아 있던 앵무새가 책상 위로 날아와 박사에게 말했다.

"저 사람 머리가 좋네요. 수의사가 되세요. 사람들이 박사님을 최고로 보지 못할 정도로 멍청하다면 그냥 그 멍청이들을 무시하시고 동물들을 치료하세요. 동물들은 금방 알 거예요. 수의사가 되세요."

"하지만 수의사는 엄청 많아." 박사는 창문 밖으로 화분들을 옮겨 꽃이 비를 맞을 수 있게 두었다.

"맞아요. 하지만 많기만 할 뿐이죠." 앵무새 폴리네시아가 말했다. "실력 있는 사람은 한 명도 없잖아요. 박사님, 혹시 동물도 말할 수 있다는 거 아시나요?"

"앵무새가 말할 수 있다는 건 알지." 박사가 말했다.

"오, 우리 앵무새들은 사람 언어와 새 언어 두 가지를 다 할 수 있네요." 폴리네시아가 자랑스럽게 말했다. "제가 '폴리는 과자가 먹고 싶어요'라고 말하면 알아들으시겠죠. 하지만 이렇게 말하면요? 카-카-오 이-이, 피-피?"

"세상에!" 박사가 소리쳤다. "그게 무슨 말이야?"

"새 언어로 '죽이 아직도 뜨거워?'라는 말이에요."

"너 나한테 그렇게 말한 적 한 번도 없었잖아!"

"그랬으면 더 나았을까요?" 폴리네시아가 왼쪽 날개에 붙은 과자 부스러기를 털며 말했다. "말했어도 이해 못 하셨을 거예요."

"더 말해줘." 박사는 굉장히 흥분하여 옷 서랍장으로 뛰어가 공책과 펜을 가지고 돌아왔다. "자, 적을 테니깐 천천히 말해줘. 이건 희대의 발견이야. 자, 먼저 천천히 새의 글자부터 알려줘."

폴리네시아는 박사에게 동물들에게는 각각의 언어가 있고 동물들끼리는 서로 대화할 수 있다는 사실을 알려주었다. 그리고 비가 오는 오후 내내 부엌 탁자에 앉아 박사가 적을 수 있게 새의 말을 가르쳐주었다.

차를 마시며 쉬고 있을 때 강아지 지프가 안으로 들어왔고 폴리네시아가 박사에게 말을 걸었다.

"박사님, 지프가 박사님께 말하고 있어요."

"귀를 긁고 있는 것처럼 보이는데." 박사가 말했다.

"동물은 입으로만 말하지 않아요." 폴리네시아가 눈썹을 치켜세우며 높은 목소리로 말했다. "동물은 귀로 발로 꼬리로 모든 신체를 써서 말해요. 가끔 소리를 내고 싶지 않을 때도 있거든요. 지금 지프가 코 한쪽을 씰룩거리는 거 보이시죠?"

"저게 무슨 의미인데?"

"저 행동은 '지금 비 그쳤는데 모르시나요?'라는 의미에요. 지금 박사님께 물어보고 있는 거죠. 개들은 물어볼 때 주로 코를 사용해요."

얼마 후 박사는 폴리네시아의 도움으로 동물 말을 잘할 수 있게 되었고 혼자서 동물들과 대화하며 모든 말을 이해할 수 있게 되었다. 그리고 박사는 사람을 치료하는 일을 완전히 그만두었다.

고양이 먹이 장수는 마을 사람들에게 두리틀 박사가 수의사가 되었다고 소문을 냈다. 그러자 말이 퍼지기가 무섭게 할머니들은 먹이를 너무 많이 먹여 탈이 난 퍼그와 푸들을 박사에게 데려오기 시작했고, 농부들은 병든 소와 양을 진찰받기 위해 먼 길을 왔다.

◆

하루는 한 농부가 박사에게 말을 데려왔다. 말은 말 언어를 할 줄 아는 사람을 만나 너무도 기뻤다.

"박사님." 말이 말했다. "저기 언덕 너머에 있는 수의사는 완전 돌팔이예요. 저를 6주 동안이나 뼈 돌출증으로 치료했는데 제가 필요한 건 안경이거든요. 요즘 한쪽 눈이 점점 안 보여요. 말도 사람처럼 안경을 쓸 수 있는데 그 돌팔이가 제 눈은 한 번도 안 보고 계속 큰 알약만 줬어요. 그래서 말하려고 했는데 제 말을 하나도 못 알아듣더라고요. 저는 안경이 필요해요."

"오, 그럼, 그럼. 금방 준비해 주겠네." 박사가 말했다.

"박사님 안경이랑 비슷한 거로 부탁드려요. 완전 초록색으로요. 밭을 갈 때 햇빛이 눈에 안 들어오게요."

"알겠네. 초록색으로 준비해 주겠네."

"있잖아요, 박사님." 말이 나갈 수 있게 박사가 문을 열어주자 말이 말했다. "문제는 동물들이 불평을 안 한다고 아무나 동물을 치료할 수 있다고 생각한다는 거예요. 솔직히 수의사가 되려면 일반 의사보다 훨씬 더 똑똑해야 하잖아요. 저희 농장 농부 아들은 자기가 말에 대해 다 안다고 생각해요. 걔를 보셔야 하는데 눈이 살에 파묻혀서 눈이 보이지도 않고 생각하는 수준도 딱 아메바 수준이에요. 지난주에는 저한테 파스를 붙이려고 했다니까요."

"어디에 붙였나?" 박사가 물었다.

"아, 붙이진 않았어요. 붙이려고 했어요. 제가 발로 차서

개를 연못에 빠뜨렸거든요."

"아이고, 저런!"

"저는 원래 꽤 얌전하고 조용해요. 사람들에게 그리 모질지도 않고 소란도 안 피워요. 그런데 안 그래도 돌팔이 의사가 저한테 맞지도 않는 약을 줘서 짜증 났었는데 얼굴 빨간 그 멍청이가 저를 막 만져 대니까 정말이지 못 참겠더라고요."

"아이가 많이 다쳤나?"

"아, 아니요. 적당한 곳으로 찼어요. 수의사가 지금 개를 돌보고 있어요. 안경은 언제쯤 받을 수 있을까요?"

"다음 주까지 준비해 놓겠네. 화요일에 오면 되네. 잘 가게!"

이후 박사는 크고 좋은 초록색 안경을 구했다. 말은 더 이상 시력이 나빠지지 않았고 전처럼 잘 볼 수 있었다.

이내 퍼들비 주변에서 가축이 안경을 쓰고 있는 모습은 흔한 광경이 되었다. 이제 마을에 눈이 안 좋은 말은 사라졌다.

이런 일은 다른 동물에게도 마찬가지였다. 동물들은 박사가 동물 말을 할 수 있다는 사실을 알자마자 어디가 아프고 불편한지 박사에게 말했고, 박사는 동물들을 손쉽게

'말은 전처럼 잘 볼 수 있게 되었다.'

치료해주었다.

박사에게 진찰을 받았던 동물들은 집으로 돌아가 가족과 친구들에게 큰 마당이 있는 작은 집에 제대로 된 의사가 있다고 말했다. 그러자 가축뿐만이 아닌 들쥐, 물쥐, 오소리, 박쥐 같은 들판의 작은 동물들도 아플 때마다 마을 끝에 있는 박사의 집으로 찾아왔다. 그 덕에 박사의 큰 마당은 항상 진찰을 받으려는 동물들로 붐볐다.

찾아오는 동물들이 너무 많아지자 박사는 동물 종류대로 문을 만들어야겠다고 생각했다. 박사는 현관문에 <말>, 옆문에 <소>, 부엌문에 <양>이라고 적었다. 모든 동물에게 각각의 문이 생겼고 심지어 쥐들에게도 지하 저장고로 갈 수 있는 작은 터널이 생겼다. 그 덕에 쥐들은 터널에 줄을 서서 박사가 오기를 지긋이 기다렸다.

그리고 몇 년 지나지 않아 먼 곳에 사는 동물들까지 모두 존 두리틀 박사의 존재를 알게 되었다. 겨울에 다른 나라로 날아간 새들이 다른 나라 동물들에게 퍼들비에 동물 말을 알아듣고 아픈 곳을 정확히 진단하는 엄청난 의사가 있다고 말했기 때문이다. 그렇게 두리틀 박사는 전 세계 동물들에게 유명해졌고 사람들에게도 전보다 더 많이 알려졌다. 박사는 행복했고 그런 자신의 삶을 굉장히 좋아했다.

◆

어느 날 오후 박사는 책 쓰기에 여념이 없었고 폴리네시아는 여느 때 와 같이 마당의 나뭇잎들이 바람에 흩날리는 것을 바라보며 창가에 앉아 있었다. 그러다 난데없이 폴리네시아가 크게 웃기 시작했다.

"폴리네시아, 왜 그래?" 박사가 책에서 고개를 들었다.

"그냥 잠깐 생각 중이었어요." 폴리네시아는 계속 나뭇잎들을 쳐다봤다.

"무슨 생각을 했는데?"

"사람이요." 폴리네시아가 말했다. "사람은 역겨워요. 자기가 대단한 줄 알거든요. 세상은 수천 년의 시간이 흘렀어요. 그런데 아는 동물 말이라고는 개가 꼬리를 흔들면 '기분 좋아요'라는 것밖에 모르잖아요. 참 웃기지 않나요? 우리같이 말하는 사람은 박사님이 처음이에요. 아, 그리고 가끔 잘난 척하면서 말 못 하는 동물이라고 하면 엄청 화가 나요. 말을 못 한다니! 기가 차서! 예전에 한 마코앵무새를 만났었는데 그 앵무새는 입도 안 열고 '좋은 아침'이라는 말을 7개 국어로 할 수 있었어요. 모두 언어를 한 줄 알았죠. 그리스어까지도요. 수염이 하얗게 센 나이 든 교수가 데리고 왔었는데 같이 살진 않았어요. 그 마코앵무새 말로는 교수가 그리스어를 제대로 못 하는데 계속 자기한테 그리스어를 이상하게 가르쳐서 도저히 들을 수가 없다고 그랬었죠. 종종 어떻게 지내고 있는지 궁금해요. 그 앵무새는 사람이 평생 공부해도 모를 지리들을 속속들이 알고 있었거든요. 만약 사람이…, 어휴, 지긋지긋해! 만약 사람이 날 수 있었다면 귀에 딱지가 앉도록 하루 종일 그 얘기만 해댔을 거예요!"

"넌 경험이 많고 똑똑하구나. 네가 정확하게 몇 살이지? 몇 앵무새랑 코끼리는 굉장히 오래 사는 거로 알고 있는데."

"저도 정확하게 몰라요. 183살 아니면 182살일 거예요. 제가 아프리카에서 여기로 처음 왔을 때 찰스 왕 2세가 오크나무 구멍에서 쥐 죽은 듯이 숨어 있던 게 기억나요. 저랑 눈이 마주쳤었는데 완전 겁에 질린 얼굴이었어요."

'모든 동물들은 아플 때마다
마을 끝에 있는 박사의 집으로 찾아왔다.'

3

돈

얼마 후 박사는 다시 돈을 벌기 시작했고 여동생 사라는 새 옷을 사고 좋아했다.

박사를 찾아온 몇 동물은 상태가 좋지 않아서 일주일 동안 박사의 집에서 머물며 치료를 받았고 그러다 상태가 좋아지면 마당 잔디에 있는 의자에 앉아 시간을 보냈다.

하지만 동물들은 건강이 완전히 회복되더라도 박사와 집을 너무 좋아하여 떠나고 싶지 않았다. 그리고 박사는 동물들이 같이 살고 싶다고 부탁할 때면 차마 거절할 수가 없어 점점 더 많은 동물을 집에 들였다.

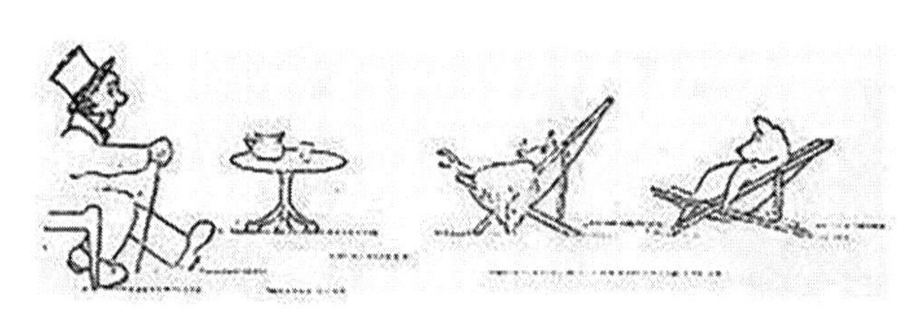

'동물들은 의자에 앉아 종종 마당에서 시간을 보냈다.'

하루는 박사가 저녁에 파이프 담배를 피우며 마당 담벼락에 앉아 있었는데 한 이탈리아 풍금 연주자가 줄에 묶인 원숭이를 데리고 박사의 집에 찾아왔다. 원숭이는 지저분하고 우울해 보였으며, 목에 꽉 조여진 목줄이 대번에 박사의 눈에 들어왔다. 박사는 원숭이를 빼앗고 1실링을 주며 나가라고 말했다. 그러자 풍금 연주자가 화를 내며 원숭이를 돌려달라고 했다. 하지만 박사는 지금 당장 눈앞에서 사라지지 않으면 얼굴에 주먹을 날리겠다고 으름장을 놓았다. 박사는 키가 크지 않지만 굉장히 힘이 센 사람이었다. 풍금 연주자는 박사에게 욕을 퍼부으며 돌아갔고 그렇게 원숭이는 박사와 같이 집에서 살게 되었다. 집에 있는 동물들은 원숭이를 '치치'라고 불렀다. 치치는 원숭이 말로 생강이라는 뜻이다.

또 한 번은 퍼들비에 서커스가 왔을 때 치통을 심하게 앓고 있던 한 악어가 밤에 서커스를 탈출하여 마당으로 들어왔다. 박사는 악어와 이야기를 나눈 뒤 집으로 데려와 이빨을 치료해주었다. 집에는 각 동물에게 맞는 보금자리가 구비되어 있었고, 이토록 멋진 집을 보자 악어 역시 박사와 같이 살고 싶어졌다. 악어는 물고기를 절대 먹지 않겠다고 약속할 테니 마당 밑에 있는 물고기 연못에서 자게 해달라고 부탁했다. 이후 서커스 단원들이 악어를 잡으러 왔지만 악어는 사납고 거칠게 날뛰어 단원들을 내쫓았다. 하지만 집에 있는 모든 사람과 동물에게는 항상 새끼 고양이 같이 온순했다.

하지만 이제는 할머니들이 악어 때문에 개를 박사에게 데리고 오기 주저하였고, 농부들도 악어가 아픈 양과 송아지를 먹지 않는다는 말을 믿지 않았다. 그래서 하는 수 없이 박사는 악어에게 다시 서커스로 돌아가야 할 것 같다고 말했다. 그러자 악어가 닭똥 같은 눈물을 흘리며 제발 집에 있게 해달라고 박사에게 간곡히 애원했다. 박사는 차마 악어를 외면할 수 없었다.

사라가 박사에게 다가와 말했다.

"오빠, 저 악어를 내보내야 돼. 이제 막 다시 잘 살기 시작했는데 농부랑 할머니들이 무서워서 동물을 안 데리고 오잖아. 이러다 폭삭 망하게 생겼어. 나도 더는 못 참아. 오빠가 저 악어를 내보내지 않으면 내가 이 집을 나갈 거야."

"저건 그냥 악어가 아니야. 크로커다일이야." 박사가 말했다.

"지금 이름이 중요해?" 사라가 대꾸했다.

"저게 침대 밑에 있는걸 보면 정말 끔찍하다고. 난 저게 집안을 돌아다니는 꼴 더는 못 봐."

"하지만 아무도 물지 않겠다고 약속했어. 서커스를 싫어하기도 하고. 게다가 다시 아프리카로 돌려보낼 돈도 없어. 폐를 끼치는 것도 아니잖아. 예의도 굉장히 발라. 너무 그렇게 까탈스럽게 굴지 마." 박사가 말했다.

"분명히 말하는데, 난 저 악어랑 같이 못 살아." 사라가 단호하게 말했다. "바닥 타일도 다 쥐어 뜯어놓는단 말이야. 지금 당장 저 악어를 내보내지 않으면 나가서…, 나가서 결혼해 버릴 거야!"

"그래 그럼. 나가서 결혼해. 어쩔 수 없지." 박사는 모자를 내려놓고 마당으로 나갔다.

사라는 짐을 챙겨서 집을 나갔다. 박사는 동물들과 혼자가 되었다. 얼마 지나지 않아 박사는 전보다 훨씬 더 가난해졌다. 동물들에게 먹이를 줄 사람을 비롯해 집을 관리, 수리해줄 사람도 없었고 정육점 주인에게 갚아야 할 돈조차 벌지 못해 상황은 점점 더 어려워졌다. 하지만 박사는 전혀 걱정하지 않고 오히려 이렇게 말했다.

"돈은 골칫거리야. 애초에 돈이란 게 존재하지 않았으면 더 살기 좋았을 텐데. 그래도 우리가 행복하기만 하다면

“그래 그럼. 나가서 결혼해.”

돈이 무슨 상관이야?"

하지만 이내 동물들은 점차 걱정되기 시작했다. 어느 날 저녁 박사가 부엌 벽난로 앞 의자에 앉아 잠이 들었을 때 동물들은 조용히 이 문제를 가지고 토론하기 시작했다. 그리고 계산을 잘하는 올빼미 투투가 하루에 한 끼씩만 먹었다면 다음 한 주는 버틸 수 있는 돈이 딱 맞게 남아 있다는 사실을 알아냈다.

폴리네시아가 말했다.

"내 생각엔 우리가 집안일을 해야 돼. 최소한 집안일 정도는 할 수 있잖아. 결국, 박사님이 외롭고 가난하다고 생각하게 된 건 우리 때문이야."

그렇게 원숭이 치치는 요리와 집수리를 맡았고 강아지 지프는 쓸기, 오리 댑댑이는 털기와 침구 정리, 올빼미 투투는 장부 관리, 그리고 돼지 굽굽이는 마당 관리를 하기로 했다. 그리고 앵무새 폴리네시아는 나이가 가장 많다는 이유로 가정부 일과 세탁을 맡았다.

처음에는 물론 (사람같이 두 손으로 일할 수 있는 원숭이 치치 빼고) 각자 맡은 일이 무척 어려울 거라고 생각했다. 하지만 예상과는 다르게 금방 일에 적응했다. 동물들은 꼬리에 헝겊을 묶어 바닥을 쓰는 지프를 보는 것을 좋아했다. 얼마 후 동물들은 꽤 일을 잘하게 되었고 박사는 이렇게 집이 깔끔하고 정리가 잘 되어 있는 적은 처음이라고 했다.

이렇게 한동안 일이 잘 풀려가는 것 같았다. 하지만 이내 이런 생활도 돈 없이는 굉장히 힘들다는 사실을 깨달았다.

동물들은 마당 문 앞에서 채소와 꽃 가판대를 만들어 지나가는 사람들에게 무와 장미를 팔았다.

하지만 모든 비용을 충당하기에 동물들이 번 돈은 턱없이 부족했다. 그러나 박사는 여전히 돈 걱정을 하지 않았다. 폴리네시아가 박사에게 다가가 생선가게에서 더는 생선을 얻을 수 없다고 하자 박사가 말했다.

"괜찮아. 닭이 알을 낳고 소한테 우유가 나는 한은 오믈렛과 정켓을 먹을 수 있어. 그리고 마당에 채소가 많이 남았잖아. 겨울이 오려면 아직 멀었어. 걱정하지 마. 사라가 돈 때문에 난리 쳐서 싸웠었는데 어떻게 지내고 있는지 궁금하네. 또 어떤 면에서는 대단한 사람이거든. 하하!"

하지만 평소와 다르게 그해에는 눈이 빨리 찾아왔다. 늙은 말이 다리를 절뚝이며 마을 밖 숲에서 애써 나무를 너

넉히 끌어온 덕분에 부엌 벽난로에 불을 크게 땔 수 있었지만 마당에 있던 채소 대부분이 죽었고 그나마 있던 것들도 눈에 묻혔다. 동물들은 굉장히 배가 고팠다.

'어느 날 저녁 박사가 의자에 앉아 잠에 들었다.'

4

아프리카에서 온 편지

그해 겨울은 몹시 추웠다. 12월 어느 날 밤 동물들은 따뜻한 부엌 벽난로에 옹기종기 모여 앉아 있었고, 박사는 동물들에게 자신이 동물어로 쓴 책을 큰소리로 읽어주고 있었다. 그때 올빼미 투투가 갑자기 끼어들었다.

"잠깐만요! 밖에서 무슨 소리 들리지 않아요?"

모두 바깥소리에 귀를 기울였다. 그리고 이내 누군가 뛰어오는 소리가 들리더니 갑자기 문이 확 열렸다. 치치였다. 치치가 숨을 가쁘게 몰아쉬며 집안으로 뛰어 들어왔다.

"박사님!" 치치가 큰 소리로 박사를 불렀다. "방금 아프리카에 있는 친척한테 편지를 받았는데 원숭이 땅에 끔찍한 전염병이 돌고 있대요. 다들 그 병에 걸려서 엄청나게 죽어가고 있나 봐요. 아프리카 원숭이들이 박사님 이야기를 들었다고 제발 와서 치료해 달래요."

"편지는 누가 가지고 왔어?" 박사가 안경을 벗고 책을 내려놓았다. "제비가요. 밖에 빗물받이통 위에 있어요."

"데리고 와서 불 좀 쬐게 해. 엄청 추울 거야. 다른 제비들은 벌써 6주 전에 남쪽으로 갔어!"

제비는 몸을 잔뜩 웅크린 채 추위에 덜덜 떨면서 집 안으로 들어왔다. 제비는 처음에 조금 무서워했지만 이내 몸이 따뜻해지자 벽난로 선반 가장자리에 앉아 상황을 설명했다.

제비가 말을 마치자 박사가 말했다.

"나도 맘 같아서는 이 혹독한 추위를 피해 아프리카로 가고 싶지만 안타깝게도 우리는 아프리카로 가는 표를 살 돈이 없네. 치치, 저금통 좀 가져다줘."

치치는 선반을 타고 올라가 가장 꼭대기 칸에 있는 저금통을 꺼냈다. 저금통 안에는 1페니는커녕 아무것도 없었다.

"2페니는 있다고 생각했는데." 박사가 말했다.

"있었죠. 그런데 박사님이 새끼 오소리 이 날 때 딸랑이 산다고 쓰셨잖아요." 투투가 말했다.

"내가 그랬나? 아, 이것 참! 돈은 진짜 골칫거리야! 음, 하지만 걱정하지 마시게. 바닷가로 내려가면 아프리카로 갈 수 있는 작은 배 한 대 정도는 빌릴 수 있을 걸세. 예전에 알고 지내던 선원이 한 명 있거든. 아이가 홍역에 걸려서 데리고 왔었는데 말끔히 치료해줬지. 아마 그 사람한테 배를 빌릴 수 있을 걸세."

다음 날 아침 박사는 새벽같이 바닷가로 내려갔다. 그리고 집에 돌아와서 선원에게 배를 빌렸다며 일이 잘 풀렸다고 말했다.

악어와 치치와 폴리네시아는 그 이야기를 듣고 너무 기뻐 노래를 부르기 시작했다. 그들의 진짜 고향인 아프리카로 돌아가기 때문이다. 박사가 말했다.

"너희 세 마리랑 강아지 지프, 오리 댑댑이, 돼지 굽굽이, 그리고 올빼미 투투만 데려갈 수 있어. 동면쥐, 물쥐, 박쥐 같은 나머지 동물들은 우리가 다시 돌아올 때까지 원래 살았던 곳으로 돌아가서 살아야 할 거야. 하지만 대부분 겨울에 자니깐 걱정 안 해도 돼. 오히려 아프리카에

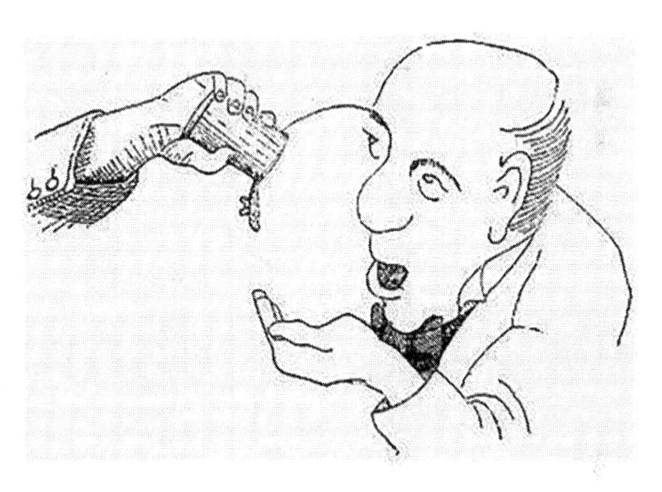

"2페니는 있다고 생각했는데."

가지 않는 게 걔네들한테 더 좋을 거야."

박사의 말이 끝나자 전에 항해를 오래 해봤던 폴리네시아가 챙겨야 하는 물건을 박사에게 나열하기 시작했다.

"선원 과자는 무조건 많이 챙겨야 돼요. 건빵이라고 하기도 하죠. 그리고 소고기 통조림이랑 닻도 꼭 챙겨야 돼요."

"닻은 배에 이미 있을 텐데." 박사가 말했다.

"음, 확실히 하는 게 좋죠. 굉장히 중요하거든요. 닻이 없으면 배를 멈출 수가 없어요. 그리고 종도 하나 필요해요."

"종은 어디에 쓰려고?"

"시간을 알릴 때 필요해요. 30분마다 종을 울려야 하거든요. 그래야 몇 시인지 알 수 있어요. 줄도 엄청 많이 챙겨야 돼요. 줄은 항상 항해에 요긴하게 쓰여요."

박사와 폴리네시아는 챙겨야 할 물건들을 이야기하다가 그 모든 물건을 살 돈을 어디서 구해야 할지 곰곰이 생각하기 시작했다.

"지긋지긋해! 또 돈이야." 박사가 울부짖었다. "돈이 필요 없는 아프리카로 가는 걸 감사해야겠군. 식료품점에 가서 다시 돌아왔을 때 돈을 갚아도 되는지 물어봐야겠어.

아니다. 선원을 보내서 식료품점에 물어보라고 해야겠다."

선원은 식료품점 주인을 만나러 갔다. 그리고 잠시 후 필요한 모든 물건을 가지고 돌아왔다.

동물들은 짐을 챙겼다. 수도가 얼지 않게 물을 잠그고 덧문을 닫고 집 문을 잠근 다음 마구간에 있는 늙은 말에게 열쇠를 건네주었다. 그리고 말이 겨울을 날 수 있게 저장고에 건초가 충분히 있는 것을 확인한 후 짐을 모두 바닷가로 가져가 배에 실었다.

고양이 먹이 장수가 박사와 동물들을 배웅하려 해안가에 와 있었다. 그는 외국에서 슈에트 푸딩을 구할 수 없다는 얘기를 듣고 박사에게 선물로 주려고 커다란 슈에트 푸딩을 들고 있었다.

배에 오르자마자 굽굽이는 곧장 침대부터 찾기 시작했다. 오후 4시라서 낮잠이 자고 싶었기 때문이다. 폴리네시아는 굽굽이를 배 아래층 안쪽으로 데려가 한쪽 벽에 책꽂이같이 쌓여 있는 침대를 보여주었다.

"뭐야, 이건 침대가 아니잖아! 선반이잖아!" 굽굽이가 소리쳤다.

"선반 아니야. 배에 있는 침대는 다 이래. 올라가서 자. 이층 침대라고 하는 거야." 폴리네시아가 말했다

"지금 안 잘래. 너무 기대되거든. 다시 올라가서 출발하는 걸 볼 거야."

"음, 너한테는 첫 항해구나. 한동안 이 생활에 적응해야 할 거야." 폴리네시아는 흥얼흥얼 콧노래를 부르며 다시 계단 위로 올라갔다.

"흑해와 적해를 보았지.
와이트섬을 돌고 옐로강을 발견하고
밤에는 오렌지강도 찾았지.
이제는 다시 그린란드를 뒤로하고 떠난다네.
그리고 푸른 바다를 항해하지.
제인, 나는 이 색깔들이 질렸어.
그래서 다시 당신에게 돌아가고 있다오."

막 항해에 오르려던 찰나 박사가 선원에게 다시 돌아가서 아프리카로 가는 길을 물어봐야 한다고 말했다.

그러자 제비가 "아프리카에 많이 가 봤어요. 제가 안내할게요."라고 말했다.

박사는 치치에게 닻을 올리라고 말했다. 항해가 시작되었다.

'항해가 시작되었다.'

5

위대한 여행

박사와 동물들은 6주 내내 넘실거리는 바다를 항해하며 배 앞을 나는 제비를 따라갔다. 제비는 밤이 되면 아주 작은 등불을 가지고 날아 박사는 어둠 속에서도 길을 잃지 않았다. 하지만 다른 배의 선원들은 제비의 등불을 보고 별똥별일 거라며 수군댔다.

남쪽으로 갈수록 날씨는 점점 따뜻해졌다. 폴리네시아와 치치와 악어는 따사로운 햇볕을 한없이 즐기며 아프리카를 볼 수 있을까 하는 마음에 난간 밖을 바라보며 웃으며 배 안을 뛰어다녔다.

반면에 굽굽이와 지프와 투투는 이런 날씨에는 아무것도 할 수 없었다. 그래서 혓바닥을 길게 널브러뜨린 채 레모네이드를 마시면서 배 끝에 있는 커다란 오크통 그림자 아래에 앉아 있었다.

오리 댑댑이는 종종 바다에 뛰어들어 배 뒤에서 수영을 하며 몸을 식혔다. 그러다 이따금 머리 정수리가 너무 뜨거워질 때면 배 아래로 잠수해서 반대편으로 나왔다. 이 방법으로 댑댑이는 매주 목요일과 금요일 (소고기를 오랫동안 보관하기 위해 물고기를 먹는 날)에 청어를 잡아 왔다.

배가 적도 근방에 이르자 날치들이 배를 향해 날아와 폴리네시아에게 이 배가 두리틀 박사의 배가 맞는지 물었다. 폴리네시아가 그렇다고 말하자 날치들은 안도하였다. 아프리카 원숭이들이 박사가 오지 않을까 봐 걱정하고 있었기 때문이다. 폴리네시아는 날치들에게 앞으로 얼마나 더 가야 하는지 물었다. 날치들은 아프리카 해안까지 89km밖에 남지 않았다고 말했다.

그리고 얼마 뒤 알락 돌고래 한 무리가 춤추듯 바다를 가로지르며 헤엄쳐왔다. 알락 돌고래들도 폴리네시아에게 이 배가 그 유명한 박사의 배가 맞는지 물었다. 박사이 배가 맞다는 얘기를 듣자 돌고래들은 필요한 것이 있는지 폴리네시아에게 물었다.

“양파가 다 떨어졌어요.” 폴리네시아가 말했다.

“멀지 않은 곳에 섬 하나가 있는데 그 섬에서 크고 단단한 양파가 자라요. 앞으로 쭉 가세요. 그럼 양파를 챙겨서 금방 따라갈게요.” 돌고래들이 말했다.

돌고래들은 쏜살같이 바다를 헤쳐나갔다. 그리고 얼마 지나지 않아 폴리네시아는 미역을 엮어 만든 큰 그물 안에 양파를 넣어 끌고 오는 돌고래 떼를 보았다.

다음 날 저녁 해가 지고 있을 때 박사가 말했다.

“치치, 망원경 좀 가져다줘. 거의 도착한 것 같아. 곧 아프리카 해안이 보일 거야.”

그리고 30분 뒤, 박사와 동물들은 예정대로 육지가 보일 거라고 생각했다. 하지만 주변이 점차 어두워지기 시작하면서 상황이 변하기 시작했다.

그때 천둥 번개를 동반한 거대한 폭풍이 일었다. 바람이 울부짖었고 비는 억수같이 쏟아져 내렸으며 높아진 파도가 정통으로 배에 물을 끼얹었다.

이내 ‘쾅!’ 하고 거대한 충격이 왔다. 배가 멈추고 옆으로 심하게 기울었다.

"무슨 일이야?" 박사가 아래층에서 올라와 물었다.

"배가 부서진 것 같아요. 오리를 시켜서 확인해보세요." 폴리네시아가 말했다.

댑댑이가 출렁이는 파도 속으로 들어갔다. 그리고 바다에서 올라와 암초에 부딪혀 바닥에 큰 구멍이 생겼는데 구멍으로 물이 들어와 배가 빠르게 가라앉고 있다고 말했다.

"아프리카를 중간에 마주쳤을 거야. 안 되겠어! 육지까지 헤엄쳐 가야겠어." 박사가 말했다.

하지만 치치와 굽굽이는 수영을 할 줄 몰랐다.

"밧줄 가져와!" 폴리네시아가 소리쳤다. "밧줄이 요긴하게 쓰일 거라고 했죠? 오리 어디 있어? 댑댑아, 일로와. 이 밧줄 끝을 가지고 해안가로 날아가서 코코넛 나무에 묶어. 그러면 우리가 여기에서 반대쪽을 잡고 있을게. 수영 못하는 동물들은 육지에 도착할 때까지 줄을 잡고 따라가. 이게 구명줄이라는 거야."

그렇게 몇 동물들은 수영으로, 몇 동물들은 날아서 무사히 해안가에 도착했다. 그리고 밧줄을 타고 빠져나온 동물들은 박사의 큰 가방과 손가방을 가져왔다.

배의 바닥에는 큰 구멍이 뚫려 더 이상 제 기능을 하기

"아프리카를 중간에 마주쳤을 거야."

못했다. 그리고 이내 거센 파도가 배를 암초 쪽으로 밀어 산산조각냈고 부서진 배의 잔해들이 바다로 떠내려갔다.

박사와 동물들은 높은 절벽 위에 있는 마른 동굴을 찾았다. 그리고 폭풍이 그칠 때까지 거기서 몸을 피했다.

다음날 해가 뜨자 박사와 동물은 몸을 말리러 모래사장으로 내려갔다.

“세상에, 아프리카다!” 폴리네시아가 숨을 크게 내쉬었다. “다시 오니까 너무 좋다. 내일이면 여기를 떠난 지 169년째야! 그나저나 여긴 하나도 안 바뀌었네! 야자나무랑 오래된 빨간 흙, 까만 개미들까지 그대로야! 역시 집이 최고야!”

동물들은 폴리네시아 눈에 고여 있는 눈물을 보았다. 폴리네시아는 고향에 다시 돌아와 너무 기뻤다.

박사는 폭풍이 불 때 모자가 바다로 날아가는 바람에 모자를 잃어버렸다. 댑댑이는 박사의 모자를 찾으러 바다로 나갔다. 이내 저 멀리 바다 위에 장난감 배 같이 떠 있는 박사의 모자가 보였다.

댑댑이가 바다로 내려가 모자를 줍자 모자 안에 겁을 잔뜩 먹고 쪼그려 앉아 있는 흰쥐 한 마리가 눈에 들어왔다.

"너 여기서 뭐 해? 박사님이 퍼들비에 남아 있으라고 하셨잖아." 댑댑이가 물었다.

"퍼들비에 남아 있고 싶지 않았어." 흰쥐가 대답했다. "나도 아프리카가 어떻게 생겼는지 보고 싶었단 말이야. 아프리카에 친척들이 있기도 하고. 그래서 가방 속에 숨어서 건빵이랑 같이 배에 탔어. 그런데 배가 가라앉는 거야. 너무 무서웠어. 난 수영을 오래 못하거든. 정말 죽을 힘을 다해서 헤엄쳤는데 금방 지쳐서 바다에 빠져 죽는구나 싶었어. 그런데 때마침 다행히도 박사님 모자가 떠 내려와서 모자에 올라탔어. 바다에 빠져 죽고 싶지 않았거든."

댑댑이는 쥐가 들어 있는 모자를 집어 들고 해안가에 있는 박사에게 가져다주었다. 그러자 동물들이 모두 흰쥐를 보려고 모여들었다.

"잘 봐. 이게 밀항자라는 거야." 폴리네시아가 말했다.

동물들은 이내 가방 속에 흰쥐가 있었을 만한 공간을 찾기 시작했다. 그때 갑자기 치치가 말했다.

"잠깐만! 정글에서 발소리가 들렸어."

박사와 동물들은 모두 이야기를 멈추고 귀를 기울였다. 그리고 잠시 후 나무 사이에서 흑인 남자가 나와 여기서 뭐 하냐고 물었다.

"저는 존 두리틀 의학박사입니다. 아프리카에 와서 아픈 원숭이들을 치료해달라는 부탁을 받았습니다." 박사가 대답했다.

"당신은 왕께 가야 하오." 남자가 말했다.

"왕이라니요?" 박사가 되물었다. 박사는 시간을 허비하고 싶지 않았다.

"졸리긴키 왕이오. 여기 있는 땅은 모두 그분의 땅이오. 외부인은 모두 졸리긴키 왕께 가야 하오. 따라오시오." 남자가 대답했다.

박사와 동물들은 짐을 모아놓고 흑인 남자를 따라 정글 속으로 들어갔다.

"바다에 빠져 죽고 싶지 않아서 모자에 올라탔어."

6

왕과 폴리네시아

울창한 숲을 조금 지나니 광활한 땅이 눈앞에 펼쳐졌고 진흙으로 지어진 궁전이 앞에 서 있었다.

왕은 어민트루드 왕비와 범포 왕자와 함께 궁전에서 살았다. 왕자는 연어를 잡으러 강에 가고 없었지만 왕과 왕비는 궁전 문 앞에 파라솔을 펴고 앉아 있었다. 왕비는 자고 있었다.

궁전에 이르자 왕은 박사에게 아프리카에 온 용무를 물었다. 박사는 왕의 물음에 대답했다.

"당신은 내 땅에서 다닐 수 없소." 왕이 말했다. "몇 년

'왕비는 자고 있었다.'

전 한 백인이 이 나라에 온 적이 있소. 난 그 사람에게 엄청 친절하게 대해주었지. 하지만 나중에는 땅을 파서 금을 훔치고 코끼리들을 죽여 상아를 챙기더니 고맙다는 말도 없이 몰래 배를 타고 도망가더군. 백인은 절대 내 땅에서 다닐 수 없소."

왕은 말을 마치고 근처에 서 있던 부하에게 몸을 돌려 말했다. "저 남자랑 동물들 그리고 여기 있는 약까지 싹 다 가장 튼튼한 감옥에 넣어버려."

왕의 명령이 떨어지자 부하 여섯 명이 즉시 박사와 동물들을 끌고 가서 지하 감옥에 가두었다. 지하 감옥에 있는 거라곤 벽 높은 곳에 철창이 박혀있는 작은 창문 하나가 전부였고 문은 굉장히 두껍고 튼튼했다.

박사와 동물들은 매우 침울해졌고 굽굽이는 급기야 울기 시작했다. 하지만 치치가 돼지 멱따는 소리를 멈추지 않으면 볼기짝을 치겠다고 으름장을 놓자 굽굽이는 울음을 그치고 조용히 있었다.

"우리 전부 다 잡힌 건가?" 박사가 어둑한 빛에 적응을 마치고 입을 열었다.

"네. 그런 것 같아요." 댑댑이가 숫자를 세기 시작했다.

"폴리네시아는? 폴리네시아가 없잖아." 아어가 말했다.

"정말이야?" 박사가 말했다. "다시 봐봐. 폴리네시아! 폴리네시아! 어디 있어?"

"도망친 것 같아요." 악어가 그르릉 소리를 냈다. "하, 폴리네시아답네요! 문제가 생기자마자 바로 몰래 도망치다니."

"무슨 소리 하는 거야?" 폴리네시아가 박사 코트 뒷주머니에서 올라왔다. "나는 저 창문 철창을 넘어갈 수 있을 만큼 작아서 부하들이 나를 새장에 따로 가둘까 봐 걱정했어. 그래서 왕이 말하느라 정신없을 때 박사님 주머니 안에 숨은 거야. 안 그랬으면 여기 있지도 못했어. 이게 다 계략이라는 거야." 폴리네시아가 말을 마치고 부리로 깃털을 매만졌다.

"세상에!" 박사가 크게 소리쳤다. "널 깔고 앉지 않아서 천만다행이야."

"자, 모여 봐." 폴리네시아가 말했다. "오늘 밤, 날이 어두워지자마자 몰래 저 철창을 넘어서 궁전으로 날아갈 거야. 왕이 우리를 풀어주게 하고 올게. 잘 봐."

"네가 뭘 할 수 있는데? 너는 그냥 새잖아!" 굽굽이가 코를 치켜들고 다시 울기 시작했다.

"맞아. 하지만 잊지 마. 새일 뿐이지만 나는 사람처럼 말할 수 있다는 걸 그리고 이런 원주민을 잘 알아."

그날 밤은 야자나무 사이로 달빛이 환하게 비추었다. 왕의 부하들이 모두 잠들자 폴리네시아는 감옥 철창을 미끄러지듯이 빠져나와 궁전으로 날아가 지난주에 테니스공에 맞아 깨진 식량창고 유리창 사이로 쏙 들어갔다.

왕자 침실에서 나는 범포 왕자의 코골이 소리가 궁전 뒤까지 울려 퍼졌다. 폴리네시아는 까치발을 들고 계단을 살금살금 올라가 왕의 침실 앞에 도착했다. 그리고 침실 문을 살살 열고 안을 들여다보았다.

왕비는 친척 무도회에 가고 없었고 왕은 깊이 잠들어 있었다. 폴리네시아는 아주 조용히 침대 밑으로 기어들어 갔다.

그리고 이어 박사가 평소에 하던 대로 헛기침을 했다. 폴리네시아는 모든 사람을 흉내 낼 수 있었다.

왕이 눈을 뜨고 잠이 덜 깬 목소리로 말했다.

"어민트루드, 당신이야?" 왕은 왕비가 무도회에서 돌아왔다고 생각했다.

폴리네시아가 한 번 더 크게 남자 목소리로 헛기침을 했다. 그러자 왕이 완전히 잠에서 깨어 일어나 앉아 말했다.

"누구냐?"

"두리틀 박사요." 폴리네시아가 박사 말투로 말했다.

"내 방에서 뭐 하고 있는 거요?" 왕이 소리쳤다. "감히 겁도 없이 감옥을 탈출하다니! 어디 있는 거요! 숨어 있지 말고 나오시오!"

하지만 폴리네시아는 그저 박사처럼 낮은 목소리로 길고 쾌활하게 웃었다.

"그만 웃고 당장 내 앞에 모습을 보이란 말이오!" 왕이 말했다.

"멍청한 왕 같으니라고!" 폴리네시아가 소리쳤다. "세상에서 가장 위대한 존 두리틀 박사와 말하고 있다는 사실을 잊은 건 아니겠지? 물론 당신은 날 볼 수 없겠지. 몸을 투명하게 만들었거든. 난 그 무엇이든 할 수 있소. 그러니 똑똑히 들으시오. 당신에게 경고하러 온 것이니. 만약 나와 내 동물들을 이 땅에서 다니지 못하게 막는다면 당신과 부하들을 아프리카 원숭이들처럼 아프게 만들 것이오. 난 사람을 치료할 수 있소. 또 사람을 아프게 만들 수도 있지. 단지 새끼손가락 하나 드는 것만으로 말이오. 그러니 지금 당장 병사를 불러 지하 감옥 문을 여시오. 그렇지 않으면 졸리긴키 언덕에 해가 뜨기 전 당신은 볼

거리에 걸릴 것이오."

왕은 극심한 공포에 휩싸여 몸을 바들바들 떨기 시작했다.

"박사!" 왕이 울부짖었다. "박사가 말한 대로 하겠소. 그러니 제발 새끼손가락을 들지 마시오!"

왕은 침대에서 급히 뛰쳐나와 병사들에게 감옥 문을 열라고 지시했다.

폴리네시아는 왕이 침실을 나가자마자 아래층으로 기어 내려가 다시 깨진 식량창고 창문으로 궁전을 빠져나갔다.

하지만 자물쇠 열쇠를 들고 뒷문으로 들어오던 왕비가 깨진 창문으로 나가는 폴리네시아의 모습을 보았고 왕이 침실로 돌아오자 방금 본 앵무새에 대해 이야기했다.

그 이야기를 들은 왕은 자신이 속았다는 것을 깨닫고 분노했다. 그리고 바로 서둘러 지하 감옥으로 뛰어갔다.

하지만 왕이 도착했을 때는 모든 상황이 끝난 뒤였다. 감옥 문은 열려 있었고 안은 텅 비어있었다. 박사와 동물들은 이미 도망가고 없었다.

"누구냐?"

7

원숭이 다리

어민트루드 왕비가 지금껏 봐온 모습 중에 그날 밤의 남편은 가장 최악이었다. 왕은 분노에 차서 이를 으드득 갈았다. 모든 사람을 머저리라고 불렀으며 고양이에게 자기 칫솔을 집어 던졌고 잠옷 차림으로 정신없이 뛰어다니며 병사들을 깨워 정글에 가서 박사를 잡아 오라고 명령했다. 이후 요리사와 정원사, 이발사, 왕자의 선생까지 모든 시종을 정글로 보냈고, 심지어는 꽉 끼는 신발을 신고 무도회에 다녀와 지친 왕비까지 병사들을 도와 박사를 잡아 오라고 짐을 싸서 정글로 보내버렸다.

박사와 동물들은 숲을 헤치며 온 힘을 다해 원숭이 땅으로 뛰어갔다. 하지만 얼마 지나지 않아 다리가 짧은 굽굽이가 지쳐서 뒤처졌다. 결국 박사는 굽굽이를 들고 뛰어야 했는데 커다란 짐과 작은 손가방을 든 채로 굽굽이까지 들고 뛰는 것은 여간 힘든 일이 아니었다.

졸리긴키 왕은 박사를 쉽게 찾을 거라고 생각했다. 낯선 땅이라 박사가 길을 모를 거라고 생각했기 때문이다. 하지만 그것은 잘못된 생각이었다. 치치는 원주민들보다 정글 길을 더 훤히 꿰고 있었다. 치치는 박사와 동물들을 사람의 발길이 한 번도 닿지 않은 가장 울창한 숲으로 데려가서 높은 바위들 사이에 있는 커다란 나무구멍 안에 숨겼다.

"병사들이 다시 자러 갈 때까지 여기서 기다렸다가 움직이는 게 좋겠어요." 치치가 말했다.

그렇게 박사와 동물들은 나무구멍 안에서 밤을 지새웠다.

병사들이 정글 근처에서 수색하는 소리와 대화하는 소리가 번번이 들렸다. 하지만 치치 말고는 (심지어는 다른 원숭이들조차도) 아무도 모르는 곳에 숨어 있었기 때문에 박사와 동물들은 안전했다.

마침내 머리 위 두꺼운 잎사귀들 사이로 햇빛이 들어오기 시작했을 때 "더 찾아봐도 소용없을 것 같으니 돌아가서 자자"라는 피곤한 왕비의 목소리가 들렸다.

병사들이 모두 돌아가자 치치는 곧바로 박사와 동물들을 데리고 나와 원숭이 땅으로 다시 발걸음을 옮겼다.

원숭이 땅으로 가는 길은 끝이 보이지 않았다. 박사와 동물들은 먼 길을 걸은 탓에 종종 지쳤는데 그중에서도 굽굽이는 더 자주 지쳐 힘들다며 울어댔다. 그럴 때마다 동물들은 굽굽이가 좋아하는 코코넛 과즙 주었다.

박사와 동물들은 항상 먹을거리와 마실 거리가 풍족했다. 치치와 폴리네시아가 대추와 무화과, 땅콩, 생강, 참마 같은 각종 채소와 과일이 어디서 자라는지 속속들이 알고 있었기 때문이다. 치치와 폴리네시아는 종종 야생 오렌지로 과즙을 내어 레모네이드를 만들고 나무 옹이 안에 있는 벌집에서 꿀을 채취하여 레모네이드에 단맛을 더하기도 했다. 치치와 폴리네시아는 동물들이 무엇을 원하든 항상 (아니면 그 비슷한 것이라도) 가져다줄 수 있을 것 같았다. 심지어 하루는 박사가 담배를 다 피워서 담배를 그리워할 때 담뱃잎까지도 구해다 주었다.

밤이 되면 박사와 동물들은 야자나무 잎으로 만든 텐트

안에서 마른 풀로 만든 두껍고 부드러운 이부자리를 펴고 그 위에서 잠을 잤다. 얼마 후 그들은 오래 걷는 것에 꽤 익숙해졌다. 이제는 많이 지치지도 않았으며 여행하는 삶을 무척 즐겼다.

그래도 밤이 되면 박사와 동물들은 어김없이 좋아하며 쉬기 위해 가던 길을 멈추었다. 그러면 박사가 나뭇가지로 작은 불을 피웠고, 저녁을 먹고 나면 다 같이 옹기종기 둥글게 모여앉아 폴리네시아의 뱃노래나 치치의 정글 이야기를 들었다.

치치가 들려주는 이야기는 굉장히 재미있었다. 박사가 원숭이들에게 원숭이 역사서를 써주기 전에는 따로 역사서가 없었지만 원숭이들은 아이들에게 옛날이야기를 해주며 과거의 모든 일을 기억했다. 치치는 할머니가 들려준 아주 아주 오래전 노아의 홍수 사건도 이전에 사람들이 곰 가죽으로 만든 옷을 입고 바위 속에서 살며 요리하는 법도 모르고 불을 한 번도 본 적이 없어 양고기를 생으로 먹었던 시절의 이야기들을 해주었고, 나무 꼭대기를 야금야금 먹으며 산 여기저기를 돌아다녔던 거대한 매머드와 기차만큼 길이가 긴 도마뱀 이야기를 들려주었다. 박사와 동물들은 치치의 이야기가 너무 재미있었던 나머지 치치의 이야기가 끝나면 그제야 모닥불이 꺼졌다는 사실을 깨달았다. 그리고 허둥지둥 주변을 돌아다니며 나뭇가지들을 모아 새 모닥불을 만들었다.

◆

병사들은 궁전으로 돌아와 왕에게 박사를 찾지 못했다고 말했다. 그러자 왕은 "그놈을 찾을 때까지 정글 밖으로 한 발자국도 나올 생각하지 마!"라고 말하며 병사들을 다시 정글로 보냈다. 박사와 동물들은 원숭이 땅으로 가며 여태껏 꽤 안전하다고 생각했지만 여전히 왕의 군대에게 쫓기고 있었다. 만약 치치가 이 사실을 알았더라면 분명히 박사와 동물들을 다시 숨겼을 테지만 치치는 이 사실을 알지 못했다.

하루는 치치가 높은 바위에 올라가 숲을 내려다보았다. 그리고 다시 내려와 원숭이 땅이 얼마 남지 않았다며 곧 도착한다고 말했다.

그리고 그날 저녁 예정대로 박사와 동물들은 치치의 친척들과 다른 원숭이들을 보았다. 그들은 늪 가장자리에 있는 나무에 앉아 박사와 동물들이 오기만을 기다리고 있었고 아직 건강해 보였다. 원숭이들은 정말 말라만 든던

소문의 박사가 오는 것을 보자 엄청난 굉음과 환호성을 질렀고 나뭇잎과 나뭇가지를 흔들며 박사를 환영했다.

원숭이들은 박사의 큰 가방부터 작은 손가방까지 박사가 가지고 있는 모든 것을 들어주고 싶어 했다. 체구가 큰 원숭이 한 마리는 심지어 지친 굽굽이까지 들었다. 그리고 이내 무리에 있던 원숭이 두 마리가 아픈 원숭이들에게 박사가 왔다는 소식을 전하기 위해 앞으로 급히 뛰어갔다.

하지만 박사를 찾던 병사들이 원숭이들의 환호성 소리를 듣고 박사의 위치를 알았다. 그리고 병사들도 서둘러 소리가 들리는 쪽으로 뛰어갔다.

굽굽이를 들은 큰 원숭이가 뒤에서 천천히 따라가다가 나무 사이에서 몰래 박사를 쫓아가는 지휘관을 보았다. 큰 원숭이는 황급히 박사에게 뛰어가 도망치라고 말했다.

박사와 동물들은 큰 원숭이의 말을 듣고 일제히 죽기 살기로 뛰기 시작했다. 박사가 뛰기 시작하자 박사의 뒤를 밟던 병사들도 같이 뛰기 시작했고 지휘관은 그중에서도 정말 미친 듯이 뛰었다.

그때였다. 박사의 발이 약 가방에 걸려 그만 진흙탕에 넘어지고 말았다. 지휘관은 이번에야말로 확실히 박사를

'원숭이들이 엄청난 굉음과 환호성을 지르고

나뭇잎과 나뭇가지를 흔들며 박사를 환영했다.'

잡을 수 있는 절호의 기회라고 생각했다.

하지만 지휘관은 귀가 너무 길었다. 박사를 잡으려 앞으로 뛰어오르는 순간 귀 한쪽이 나무에 제대로 걸린 것이다. 병사들은 어쩔 수 없이 박사 쫓던 것을 멈추고 지휘관을 도와주었다.

병사들이 지휘관을 돕고 있는 사이 박사는 벌떡 몸을 일으켜 다시 필사적으로 뛰기 시작했다. 그때 치치가 소리쳤다.

"조금만 더! 거의 다 왔어요!"

하지만 박사와 동물들은 원숭이 땅에 도착하기 직전에 가파른 절벽에 맞닥뜨렸고 절벽 밑에는 강물이 흐르고 있었다. 그곳은 졸리긴키 왕국의 끝이자 원숭이 땅의 시작 지점이었다.

지프가 가파른 절벽 끝을 한번 내려다보고 말했다. "세상에…. 여길 어떻게 건너지…."

"이젠 틀렸어! 저길 봐! 병사들이 바로 뒤에 있잖아! 다시 감옥으로 끌려가면 어떡해!" 굽굽이가 훌쩍였다.

그때 굽굽이를 들고 있던 큰 원숭이가 굽굽이를 땅에 내려놓고 다른 원숭이들에게 소리치기 시작했다.

"애들아, 다리! 빨리 다리를 만들어! 시간이 없어! 병사들이 뛰어오고 있어. 빨리 움직여! 다리! 다리!”

박사는 원숭이들이 무엇으로 다리를 만들지 궁금하여 어디 숨겨놓은 판자라도 있나 주위를 두리번거렸다.

하지만 다시 고개를 돌려 절벽을 바라보자 절벽을 가로질러 매달려 있는 원숭이 다리가 이미 만들어져있었다. 박사가 뒤를 돌아보고 있는 동안 빛같이 아주 날쌘 원숭이들이 서로의 손과 발을 붙잡고 자신을 다리로 만든 것이다.

그때 큰 원숭이가 박사를 향해 소리쳤다. “이쪽으로 오세요! 모두 이쪽으로! 빨리요!”

굽굽이는 강 위에 있는 아찔한 높이의 좁은 다리를 건너는 것이 조금 무서웠다. 하지만 우려와 달리 다리를 잘 건넜고 다른 동물들도 무사히 다리를 건넜다.

두리틀 박사가 마지막으로 다리를 건너기 시작했다. 그리고 건너편에 막 도착하려는 순간 병사들이 절벽 끝으로 부리나케 달려왔다.

하지만 이내 박사가 건너편에 도착하자 병사들은 늦었다는 사실을 깨닫고 분노에 차서 주먹을 흔들며 소리를 질렀다. 박사와 동물들은 이제 원숭이 땅에서 안전했다. 원숭이들은 강 건너편에서 원숭이 다리를 잡아당겼다.

치치가 박사 쪽으로 몸을 돌려 말했다.

"유명한 탐험가들과 나이가 많은 동식물 학자들이 원숭이 다리를 보려고 정글 속에서 몇 주씩이나 숨어서 기다려요. 하지만 우리는 한 번도 사람의 눈에 뜨이지 않았어요. 그 유명한 원숭이 다리를 본 건 박사님이 처음이에요."

그 이야기를 듣자 박사는 매우 기뻤다.

'박사가 마지막으로 다리를 건넜다.'

8

동물의 왕

두리틀 박사는 정말 눈코 뜰 새 없이 바빠졌다. 고릴라와 오랑우탄, 침팬지, 개코원숭이, 마모셋 원숭이, 회색 원숭이, 빨간 원숭이 등 모든 종의 원숭이가 병에 걸려 있었고 많은 원숭이가 죽어있었다.

가장 먼저 박사는 아픈 원숭이와 건강한 원숭이를 분리했다. 그리고 치치와 치치의 친척들에게 작은 풀집 한 채를 짓게 한 다음 건강한 원숭이들을 모두 불러 백신을 놓았다.

3일을 밤낮으로 원숭이들은 정글, 계곡, 언덕 곳곳에서

'박사는 건강한 원숭이를 모두 불러 백신을 놓았다.'

작은 풀집으로 계속 몰려들었고 박사는 그곳에 앉아 밤이고 낮이고 끊임없이 백신을 놓았다.

이후 박사는 큰 집을 만들어 집 안에 많은 침대와 병든 원숭이들을 두었다.

그럼에도 불구하고 병든 원숭이가 너무 많아 그들을 간호할 건강한 원숭이가 부족했다. 그래서 박사는 사자와 표범, 영양 등 다른 동물들에게 간호를 도와달라는 편지를 보냈다.

하지만 우두머리 사자는 굉장히 거만했다. 그는 박사의 편지를 받고 침대가 가득한 큰 집으로 오긴 했지만 화가 났으면서도 어이없다는 듯한 표정을 짓고 있었다.

"감히 나에게 부탁 한 것이오? 선생?" 우두머리 사자가 박사를 노려보며 말했다. "감히 나에게, 이 동물의 왕에게, 저 더러운 원숭이들을 시중들라고 부른 것이오? 식전 간식으로 먹으라고 부탁해도 안 먹을 놈들을!"

우두머리 사자가 굉장히 살벌해 보였지만 박사는 무섭지 않은 것처럼 보이려고 무척 애를 썼다.

"난 저 원숭이들을 먹어달라고 당신을 부른 것이 아니요." 박사가 침착하게 말했다. "게다가 더럽지도 않소. 저들 모두 오늘 아침에 목욕했소. 당신 털이나 당장 빗어야 할 것 같은데. 잘 들으시오. 훗날 사자들이 병에 걸리는 날이 올 것이오. 지금 만약 다른 동물을 도와주지 않는다면 사자들에게 문제가 생겼을 때 아무도 도와주지 않을 것이오. 인간 사회에선 거만한 사람에게 자주 일어나는 일이오."

"우리 사자들은 절대로 곤경에 처하지 않아. 문제는 우리가 일으키지." 우두머리 사자가 비웃으며 턱을 치켜세웠다. 그러고는 자신이 꽤 현명하고 똑똑하다고 생각하며 정글 속으로 성큼성큼 걸어갔다.

그러자 표범들도 오만해져서 박사의 부탁을 거절했고 영양들도 역시나 (겁이 많고 소심해서 사자같이 박사에게 무례하게 굴지는 않았지만) 발로 땅을 긁어대며 바보 같은 웃음을 짓고는 한 번도 간호해본 적이 없다고 말했다.

박사는 미칠 듯이 걱정되기 시작했다. 그리고 병상에 누운 수많은 원숭이를 간호해줄 도움을 어디서 구할 수 있을지 고민했다.

우두머리 사자가 굴에 돌아오자 왕비 암사자가 헝클어진 머리로 남편을 맞이하러 뛰어나왔다.

"여보, 새끼 하나가 밥을 안 먹으려고 해. 어떻게 해야 할지 모르겠어. 어젯밤부터 아무것도 먹질 않아." 암사자가 말했다.

그리고 자기가 좋은 엄마가 맞는지에 대한 지나친 걱정으로 바들바들 떨며 울기 시작했다.

우두머리 사자는 굴속으로 들어가 아이들을 보았다. 너무도 작고 귀여운 새끼 사자 두 마리가 바닥에 누워있었다. 하지만 한 마리는 몸이 많이 안 좋아 보였다.

새끼들을 둘러보고 난 후 우두머리 사자는 꽤나 자랑스럽게 방금 자신이 박사에게 한 말을 암사자에게 이야기했다. 그러자 암사자가 잔뜩 화가 나서 우두머리 사자를 굴에서 내쫓으려고 했다.

"어쩜 당신은 그렇게 한결같이 눈치가 하나도 없어!" 암사자가 소리를 질렀다. "여기서부터 인도해에 있는 모든 동물들이 그분이 얼마나 대단한지 얘기하고 있잖아. 못 고치는 병이 없는 데다 인품도 훌륭하고 세상에서 유일무이하게 동물과 이야기할 수 있는 사람이라고! 하필 우리 자식이 아플 때 그런 분께 무례하게 굴었다니! 당신은 정말 등신이야! 세상에 천치가 아니고서야 어떻게 그렇게 착한 의사한테 무례하게 굴 수 있는 거야. 당신은 정말이지…" 갑자기 암사자가 우두머리 사자의 머리칼을 쥐어뜯기 시작했다.

“당장 박사님한테 다시 가! 가서 죄송하다고 해. 그 머리가 텅 빈 사자들이랑 멍청한 표범들이랑 영양들도 같이 데리고 가. 가서 박사님이 시키는 걸 가리지 말고 다 해. 노예처럼 일하란 말이야! 그러면 아마 다시 마음을 열고 나중에 우리 새끼들을 보러 오실 수도 있어. 자, 이제 나가! 빨리! 당신은 아빠 자격도 없어!”

암사자는 우두머리 사자를 쫓아 보내고 옆 굴의 다른 어미 사자에게 가서 모든 일을 이야기했다.

우두머리 사자가 박사에게 다시 가서 말을 걸었다.

“우연히 이쪽을 지나가다가 잠깐 생각나서 들렀소. 도와주겠다는 동물은 좀 찾았소?”

“아직 못 찾았소. 지금 엄청나게 고민 중이오.” 박사가 말했다.

“요즘 도움 구하기가 쉽지 않지. 동물들이 더 이상 일하고 싶지 않은 것 같소. 하지만 그렇다고 또 그들을 비난할 수는 없는 노릇이지…. 흠, 많이 고민스러워 보이는데, 내 그것들을 씻기지만 않는다면 무슨 일이든 상관없이 선생에게 도움을 베풀겠소. 그리고 육식동물들에게도 와서 제 몫을 하라고 일러두었소. 표범 무리는 곧 있으면 도착할 것이고…. 아, 그런데 말이지 우리 집 새끼 한 마리가 아픈데 내 생각에는 크게 문제없는 거 같은데 아내는 엄청 걱정한단 말이지. 혹시 오늘 저녁 선생이 그 근방에 있으면 좀 봐줬으면 하는데. 그래 줄 수 있겠소?"

박사는 너무도 기뻤다. 사자와 표범, 영양, 기린, 얼룩말까지 숲과 산과 평지의 모든 동물이 박사를 도우러 왔기 때문이다. 하지만 그 숫자가 너무 많아 박사는 가장 똑똑한 동물들만 받아들이고 다른 동물들은 다시 돌려보냈다.

얼마 지나지 않아 원숭이들의 상태가 호전되기 시작했다. 첫 번째 주말에는 침대로 가득 차 있던 큰 집의 반이 비었고 두 번째 주말에는 마지막 원숭이까지 싹 다 나았다.

마침내 모든 일이 끝났다. 박사는 너무 피곤한 나머지 침대에 누워 뒤척이지도 않고 3일 내내 잠을 잤다.

"감히 나에게, 이 동물의 왕에게
저 더러운 원숭이들을 시중들라고 부른 것이오?"

9

원숭이 대책 회의

치치는 박사의 침실 문 밖에 서서 박사가 일어날 때까지 아무도 근처에 오지 못하게 했다. 이후 박사는 일어나 원숭이들에게 이제 다시 퍼들비로 돌아가야겠다고 말했다.

원숭이들은 박사의 말을 듣고 크게 놀랐다. 앞으로도 계속 같이 살 거라고 생각했기 때문이다. 그날 밤 원숭이들은 이 문제를 논의하기 위해 모두 정글로 모였다.

우두머리 침팬지가 일어나서 말했다.

"박사님이 왜 돌아가려고 하시는 거지? 우리랑 여기에 같이 있는 게 별로인가?"

하지만 아무도 우두머리 침팬지의 말에 답하지 못했다. 이어 몸집이 거대한 고릴라가 일어나 말했다.

"제 생각에는 우리 모두 박사님께 가서 같이 살자고 부탁해야 합니다. 새집과 큰 침대를 만들어 드리고 풍족한 생활을 하실 수 있도록 박사님 일을 도울 원숭이 하인을 많이 드린다고 약속하면 아마 안 떠나고 싶으실 겁니다."

치치가 일어났다. 그러자 모든 원숭이들이 귓속말로 수군댔다. "쉿! 저기 봐봐! 위대한 여행가 치치야! 무슨 얘기를 할까?"

치치가 말했다.

"여러분, 안타깝지만 박사님께 남아달라고 하는 건 의미가 없습니다. 고향에 빚진 돈이 있으시거든요. 박사님께선 다시 돌아가서 꼭 갚아야 한다고 누차 말씀하셨어요."

그러자 원숭이들이 치치에게 물었다. "돈이 뭔가요?"

치치는 원숭이들에게 사람의 땅에서는 돈 없이 아무것도 얻을 수 없고 아무것도 할 수 없으며 사는 것조차 불가능하다고 설명했다.

"그럼 돈이 없으면 먹지도 마시지도 못하나요?" 원숭이들이 물었다. 치치는 고개를 끄덕였다. 그리고 풍금 연주자가 자기에게 아이들 돈을 구걸해오라고 시켰던 이야기

'거대한 고릴라가 일어났다.'

를 덧붙였다.

우두머리 침팬지가 장로 오랑우탄 쪽으로 몸을 돌려 말했다. “장로님, 사람이란 정말 이상한 동물입니다! 도대체 누가 그런 땅에서 살고 싶어 한답니까? 하, 참, 정말 쓸데없네!” 치치가 이어 말했다.

“여러분께 오기 전, 우리는 바다를 건널 배도 식량을 살 돈도 없었어요. 그래서 한 사람에게 식량을 빌리고 돌아와서 음식값을 갚겠다고 했죠. 그리고 또 우리는 한 선원에게 작은 배를 빌렸어요. 하지만 아프리카 해안에서 암초에 부딪혀 부서져 버렸죠. 박사님께서는 꼭 다시 돌아가서 배를 새로 사줘야 한다고 말씀하셨어요. 그 배는 선원의 전 재산이었거든요.”

모든 원숭이들은 한동안 아무 말 없이 가만히 땅에 앉아 골똘히 생각했다.

긴 침묵을 깨고 몸집이 가장 큰 개코원숭이가 일어나 말했다. “제 생각에는 우리가 박사님께 좋은 선물을 드릴 때까지 못 가시게 막아야 합니다. 선물을 받으시면 우리가 박사님의 은혜에 얼마나 감사하고 있는지 아실 겁니다.”

나무에 앉아 있던 작고 앙증맞은 빨간 원숭이가 그게

소리치며 찬성했다.

“저도 그렇게 생각합니다!”

그러자 모든 원숭이들이 크게 소리를 지르며 굉음을 냈다. “좋아, 좋아! 사람이 한 번도 받아본 적 없는 최고의 선물을 드립시다!”

원숭이들은 이제 박사에게 줄 최고의 선물이 무엇인지 생각하며 서로 물었다. 한 원숭이가 말했다. “코코넛 50포대요!” 이어 다른 원숭이가 말했다. “바나나 100송이요! 먹기 위해서 돈을 내야 하는 사람의 땅에서 적어도 과일을 살 필요는 없을 거예요!”

하지만 치치는 그런 것들은 멀리 가져가기에 너무 무겁고 절반도 먹기 전에 상할 거라고 말했다.

“박사님을 기쁘게 해드리고 싶으시다면 동물을 드리는 건 어때요?” 치치가 말했다. “여러분도 박사님이 잘 대해주실 거라는 걸 아시잖아요. 동물원에도 없는 진귀한 동물을 선물로 드려요.” 원숭이들이 치치에게 물었다.

“동물원이 뭔가요?”

치치는 동물원이란 사람들이 볼 수 있게 동물을 우리에 가두어 놓은 곳이라고 설명했다. 그러자 원숭이들이 충격에 휩싸여 수군댔다.

"사람이란 철없는 어린 새끼들 같군. 무식한 데다 별걸 다 재미있어해. 하! 방금 치치가 말한 건 감옥이야."

원숭이들은 치치에게 사람들이 한 번도 보지 못했으면서 박사에게 선물하기 좋은 진귀한 동물이 무엇인지 물었다. 소령 마모셋 원숭이가 물었다.

"사람의 땅에 이구아나가 있나?"

"네. 런던 동물원에 한 마리 있어요." 치치가 대답했다.

"오카피도 있나요?" 다른 원숭이가 물었다.

"네. 벨기에에 있어요. 5년 전 풍금 연주자가 저를 데려갔던 곳이죠. 앤트워프라는 큰 도시에 한 마리 있었어요."

"푸시미 풀류는요?" 또 다른 원숭이가 물었다.

"아니요. 푸시미 풀류를 본 사람은 한 명도 없어요. 박사님께 푸시미 풀류를 드려요."

10

진귀한 동물

현재 푸시미 풀류는 멸종되었다. 이 말은 즉, 더 이상 세상에 존재하지 않는다는 말이다. 하지만 오래전 두리틀 박사가 살던 시절에는 아프리카 정글 깊은 곳에 몇몇이 남아 있었다. 그렇지만 그 시절에도 푸시미 풀류는 굉장히 귀한 동물이었다. 푸시미 풀류는 꼬리가 없는 대신 양 끝에 머리가 있었고 그 위에는 뾰족한 뿔이 달려있었다. 하지만 성격이 굉장히 소심하고 겁이 많은 탓에 잡기란 거의 불가능했다. 원주민들은 주로 동물을 잡을 때 뒤로 몰래 다가가 동물이 다른 곳을 쳐다보고 있을 때 잡았는데 이 방법은 푸시미 풀류에게 통하지 않았다. 어느 방향으로 몰래 다가가도 머리가 항상 사냥꾼을 향하고 있었기 때문이다. 게다가 잠도 한쪽씩 번갈아 자며 안 자는 머리는 항상 주변을 경계했기 때문에 동물원에서 보는 건 고사하고 사람들은 단 한 번도 푸시미 풀류를 잡지 못했다. 심지어는 실력이 뛰어난 사냥꾼과 머리가 비상한 동물원 사육사들이 수년 동안 비가 오나 눈이 오나 정글을 뒤졌지만 푸시미 풀류를 잡은 사람은 단 한 명도 없었다. 오래전 그 당시에도 푸시미 풀류는 전 세계에서 유일하게 머리가 두 개 달린 동물이었다.

원숭이들은 푸시미 풀류를 잡기 위해 숲속으로 들어갔다. 그리고 한참을 걸어간 끝에 강변 부근에서 특이한 발자국 하나를 발견했고 매우 가까운 곳에 푸시미 풀류가 있다는 사실을 깨달았다.

강둑을 조금 따라 걸어가니 높고 무성하게 자란 풀숲이 보였다. 원숭이들은 그곳에 푸시미 풀류가 있을 거라고 생각했다.

원숭이들은 서로 손을 맞잡고 풀숲 주변으로 거대한 원을 만들었다. 푸시미 풀류는 원숭이들이 다가오는 소리를 듣고 재빨리 그곳을 빠져나 가려고 안간힘을 썼다. 하지만 도망칠 수 없었다. 이내 푸시미 풀류는 탈출 시도가 무의미하다는 것을 깨닫고 원숭이들의 요구 사항을 들어 보려 바닥에 앉았다.

그러자 원숭이들이 푸시미 풀류에게 박사와 함께 다니며 사람의 땅에서 공연을 해줄 수 있는지 물었다.

푸시미 풀류가 두 머리를 강하게 저으며 말했다. "싫어요!"

원숭이들은 동물원에 갇히는 것이 아니라 그저 모습만 보여주면 된다고 말했다. 그리고 박사는 엄청 착한 사람이지만 돈이 한 푼도 없어서 머리가 두 개 달린 동물로 돈을 벌어 부자가 되어야 아프리카에 오려고 빌렸던 뱃값을 갚을 수 있다고 설명했다.

푸시미 풀류가 대답했다.

"싫어요. 제가 얼마나 소심한지 알아요? 저는 주목받는 걸 굉장히 싫어해요." 푸시미 풀류는 거의 울 지경이었다.

이후 원숭이들은 3일 동안 푸시미 풀류를 설득했다.

그리고 셋째 날이 지날 무렵 푸시미 풀류가 먼저 박사가 어떤 사람인지 가서 보아야겠다고 말했다.

원숭이들은 푸시미 풀류와 같이 돌아와 박사가 있는 작은 풀집 문을 두드렸다.

안에서 짐을 싸고 있던 댑댑이가 대답했다.

"들어오세요!"

치치가 매우 의기양양하게 푸시미 풀류를 데리고 들어와 박사에게 보여줬다.

"세상에…. 이게 뭐지…." 두리틀 박사는 이상하게 생긴 동물을 뚫어져라 쳐다봤다.

"하느님 맙소사!" 댑댑이가 꽥하고 소리를 질렀다. "뭐야, 우리랑 같이 가는 건가?"

"아직 아무것도 안 정해진 것 같은데." 지프가 말했다.

"박사님, 이 동물은 푸시미 풀류라고 아프리카 정글에서 가장 희귀한 동물이에요! 세상에서 유일하게 머리가 두 개인 동물이죠! 집으로 데려가요! 그럼 부자가 되는 건 시간문제예요. 사람들은 주머니를 털어서라도 푸시미 풀류를 보려고 할거에요."

"돈은 필요 없는데." 박사가 말했다.

"예, 그러시겠죠." 댑댑이가 말했다. "그런데 퍼들비에 있을 때 고깃값 내려고 얼마나 쪼들려 살았는지 기억하세요? 그리고 배 살 돈도 없는데 선원한테 배는 또 어떻게 사주시려고요?"

"새로 하나 만들어 주려고 했어." 박사가 말했다.

"박사님, 현실적으로 생각해보세요!" 댑댑이가 소리쳤다. "배 만들 나무랑 못은 다 어디서 구하실 거에요? 아니, 다 떠나서, 우리는 뭘 먹고 살아요? 돌아가면 전보다 더 가난해질 거예요. 치치 말이 맞아요. 저 머리 두 개 달린 동물을 데려가요!"

"흠, 네 말도 일리가 있어." 박사가 웅얼댔다. "확실히 새로운 종류의 애완동물이 될 거야. 그런데 음…, 이름이 뭐였지…. 그…, 자네는 외국으로 같이 갈 생각이 있나?"

"네. 같이 갈게요." 푸시미 풀류는 박사의 얼굴을 보고 첫눈에 믿을만한 사람이라고 느꼈다. "여기 있는 동물들에게 매우 친절하시네요. 제가 돈을 벌어다 줄 유일한 동물이라는 걸 원숭이들한테 들었어요. 그래도 혹시 사람의 땅이 마음에 안 들면 저를 다시 여기로 보내주시겠다고 약속해 주세요."

"물론이지. 왜 안 되겠나. 당연히 그래야지." 박사가 말했다. "그런데 혹시 실례가 되지 않는다면 자네는 사슴과인 것 같은데, 맞나?"

"맞아요. 아비시니안 가젤과 샤모아 영양이 저희 어머니 쪽이고 증조할아버지가 마지막 유니콘이셨어요."

"굉장하군." 박사가 웅얼댔다. 그리고 댑댑이가 싸고 있던 큰 가방에서 책 한 권을 꺼내 책장을 넘기기 시작했다.
"뷔퐁 학자는 뭐라고 써놨지…."

"어, 그런데 한쪽 입으로만 말씀하시네요. 다른 머리는 말 못 하나요?" 댑댑이가 물었다.

"아, 할 수 있어요. 그런데 다른 입은 주로 먹을 때 써요. 예의를 지키면서도 먹으면서 말할 수 있죠. 우리 푸시미 풀류들은 예의를 매우 중요하게 여겨요."

◆

모든 짐을 다 싸고 떠날 채비가 마무리되자 원숭이들은 박사를 위해 성대한 연회를 열었고 정글 모든 동물들이 연회에 왔다. 박사와 동물들은 파인애플과 망고와 꿀 등 온갖 신선한 음식과 음료를 즐겼다.

모든 식사를 마치고 박사가 자리에서 일어나 말했다.

"여러분, 저는 말주변이 없어서 다른 사람들처럼 만찬사를 멋있게 하지 못합니다. 특히나 이렇게 많은 과일과 꿀을 먹은 직후에는 더요. 먼저 이 아름다운 나라를 떠나게 되어 굉장히 아쉽다는 말씀을 드리고 싶습니다. 하지만 사람의 땅에서 할 일이 많아 꼭 다시 돌아가야 합니다. 제가 없어도 음식 위에 파리가 절대 앉지 못하게 하시고

비 오는 날에는 땅에서 자면 안 된다는 걸 꼭 기억하시기 바랍니다. 음…, 어…, 앞으로 항상 행복하고 건강하게 지내시기를 바랍니다."

박사가 연설을 마치고 자리에 앉자 원숭이들의 긴 박수갈채가 이어졌고 웅성거리는 소리가 일었다.

"박사님과 이 나무 아래에서 만찬을 가진 걸 항상 기억하자. 박사님은 세상에서 가장 위대한 사람이야!"

그때 팔에 털이 많고 힘이 장사인 거대한 고릴라가 커다란 바위를 식탁 머리맡까지 굴리고 말했다.

"이 돌이 앞으로 이 자리를 기념할 것이다."

오늘날까지도 정글의 중심부에는 여전히 그 돌이 남아 있다. 어미 원숭이들은 가족들과 그 숲을 지날 때면 나뭇가지에 매달려 그 돌을 가리키며 아이들에게 이렇게 말한다.

"쉿! 저기 보렴. 저곳이 옛날에 큰 전염병이 돌았을 때 그 훌륭한 사람이 우리 원숭이들과 같이 식사했던 자리야."

이후 연회가 끝나고 박사와 동물들은 다시 해안가로 길을 나섰다. 원숭이들은 박사를 배웅해주기 위해 박사의 짐을 들고 원숭이 땅 끝자락까지 동행했다.

"하느님 맙소사!" 댑댑이가 꽥하고 소리 질렀다.

"뭐야, 우리랑 같이 가는 건가?"

11

검은 왕자

박사와 동물들은 강 끝자락에 서서 원숭이들과 작별 인사를 나누었다. 수많은 원숭이가 박사와 악수하고 싶어 하는 탓에 작별 인사를 하는데 꽤 오랜 시간이 걸렸다.

원숭이들을 뒤로하고 해안가로 가고 있을 때 폴리네시아가 말했다. "졸리긴키 땅을 지날 때 발소리와 목소리를 꼭 낮춰야 해요. 만약 왕이 우리 소리를 듣는다면 다시 병사들을 보낼 거예요. 저한테 속은 것 때문에 아직도 엄청 화가 나 있을 게 분명해요."

"집으로 돌아갈 배를 어디서 구할지 걱정이 되기는 하

는데…. 음, 버려진 해변에 가면 아마 널브러져 있는 배 한 척을 찾을 수도 있을 것 같기도 해. 아무튼, 배에 오르기 전까지는 절대 발을 높이 들지 마." 박사가 말했다.

하루는 한 치 앞도 보이지 않는 빽빽한 숲을 지나고 있을 때 치치가 코코넛을 찾으려 박사와 동물들을 앞질러 나갔다. 그리고 치치가 자리를 비운 사이 정글 지리를 잘 알지 못했던 박사와 동물들은 깊은 나무숲에서 길을 잃었다. 그들은 길을 찾으려 이곳저곳을 헤매 돌아다녔지만 해변으로 내려가는 길은 어디에도 보이지 않았다.

치치는 박사와 동물들이 아무 데도 보이지 않자 굉장히 불안해졌다. 치치는 박사의 기다란 원통 모자를 찾기 위해 높은 나무 꼭대기에 올라가 아래를 살펴본 후 손을 흔들며 소리를 질렀고 동물들의 이름을 모두 크게 불러보았다. 하지만 아무 소리도 돌아오지 않았다. 박사와 동물들은 완전히 사라진 것 같았다.

◆

박사와 동물들은 제대로 길을 잃었다. 그들은 길에서 멀리 벗어났고 옆 아래로 빽빽하게 뻗어있는 덩굴과 수풀 때문에 이따금 한 발자국도 제대로 내디딘 수가 없었다.

박사는 주머니칼을 꺼내 덩굴과 수풀을 자르며 앞으로 나아갔다. 그렇게 길을 헤매다 그들은 발을 헛디뎌 축축하고 질척한 수렁에 빠졌다. 빽빽하게 자란 삼색메꽃 줄기가 온몸에 뒤엉켰고 삐죽삐죽 솟아오른 가시가 몸을 할퀴었으며 약 가방도 수풀에 두 번이나 잃어버릴 뻔했다. 그들의 고난은 끝이 없는 것 같았다. 어디에도 길이 보이지 않았다.

그렇게 몇 날 며칠을 정글 속에서 더듬거리며 돌아다니다가 옷은 누더기가 되었고 얼굴은 진흙 범벅이 되었다. 그리고 방향을 잃은 박사와 동물들은 급기야 자기도 모르게 왕의 뒷정원으로 들어갔다. 그러자 왕의 부하들이 이를 보고 곧장 달려와 박사와 동물들을 붙잡았다.

하지만 폴리네시아는 몰래 정원 나무로 날아가 몸을 숨겼다. 박사와 동물들은 왕 앞으로 끌려갔다.

"하하!" 왕이 크게 비웃었다. "어째 결국 다시 잡히셨구만! 이번에는 도망가지 못할 거다. 이놈들을 다시 감옥에 넣고 문을 이중으로 잠가라! 박사 놈은 죽을 때까지 부엌 바닥을 닦게 될 것이다!"

박사와 동물들은 다시 감옥에 갇혔다. 그리고 박사는 아침에 부엌 바닥을 닦게 될 거라는 이야기를 들었다.

박사와 동물들은 몹시 우울했다.

"이거 진짜 큰일이네." 박사가 말했다. "꼭 다시 돌아가야 하는데. 선원이 배를 도둑맞았다고 생각할 텐데…. 문 경첩은 좀 헐거운가."

하지만 문은 굉장히 견고했고 굳게 잠겨있었다. 도망갈 방법은 없어 보였다. 굽굽이가 다시 울기 시작했다.

◆

폴리네시아는 여전히 정원 나무에 가만히 앉아서 아무 말도 하지 않고 눈만 깜박였다.

폴리네시아의 이런 행동은 항상 불길한 징조를 암시했다. 누군가가 문제를 일으켜서 해결할 방법을 찾고 있다는 뜻이었기 때문이다. 폴리네시아나 폴리네시아의 친구를 곤경에 빠뜨렸던 사람들은 대부분 후에 자신의 행동을 후회하였다.

폴리네시아는 아직도 나무를 타고 다니며 박사를 찾고 있는 치치를 발견했다. 치치도 폴리네시아를 보고 폴리네시아가 앉아있는 나무에 와서 무슨 일이냐고 물었다.

"정글에서 길을 잃고 헤매다가 실수로 궁전 정원에 들어왔는데 왕의 부하한테 잡혀서 모두 감옥에 갇혔어." 폴리네시아가 조용한 목소리로 속삭였다.

"그런데 너 길 안내 안 했어?" 치치는 자신이 코코넛을 찾으러 간 사이 박사와 동물들이 길을 잃어버리게 두었다고 폴리네시아를 나무라기 시작했다.

"다 그 망할 돼지 때문이야." 폴리네시아가 말했다. "그 돼지가 생강 뿌리를 찾는다고 자꾸 길 밖으로 뛰쳐나갔단 말이야. 그 망할 놈을 데리고 오느라 정신이 없었다고. 그래서 늪에서 오른쪽으로 돌아야 하는데 왼쪽으로 돌았어. 쉿! 저기 봐! 범포 왕자가 정원 안으로 들어오고 있어! 우리를 보면 안 되는데. 치치, 움직이지 마!"

폴리네시아의 말대로 범포 왕자가 정원 안으로 들어왔다. 그의 겨드랑이에는 요정 이야기책 한 권이 꽂혀있었다. 왕자는 슬픈 노래를 흥얼거리며 자갈길을 한가로이 따라 내려와 폴리네시아와 치치가 숨어 있는 나무 밑 돌의자 앞에 멈춰 섰다. 그리고 의자 위에 길게 누워 책을 읽었다.

치치와 폴리네시아는 움직이지 않고 숨죽여 왕자를 지켜보았다. 잠시 후 왕자는 책을 내려놓고 깊은 한숨을 내쉬었다.

"아, 세상에 나 혼자만 하얀 왕자였으면!" 왕자의 눈은

꿈이라도 꾸는 듯 먼 곳을 멍하니 바라보았다.

그때 폴리네시아가 어린 소녀처럼 작고 높은 목소리로 말했다. "범포여, 누군가가 그대를 하얀 왕자로 만들어 줄 수 있을 것이다."

왕자는 의자에서 벌떡 일어나 주위를 둘러보았다.

"무슨 소리지? 저 나무 그늘에서 요정들의 달콤한 은빛 노랫소리를 들은 것 같았는데. 이상하네."

"자격이 있는 자여." 폴리네시아가 말했다. 폴리네시아는 쥐 죽은 듯이 가만히 있어서 왕자는 폴리네시아를 보지 못했다.

"그대에게 매우 중요한 사실을 알려주겠다. 나는 트립시팅카, 요정 여왕이다. 장미 꽃봉오리 속에 숨어 있지."

"오, 말씀하십시오. 요정 여왕이시여." 왕자가 크게 소리치고 기뻐 두 손을 꽉 쥐었다. "누가 저를 하얗게 만들어 줄 수 있습니까?"

"그대 아비의 감옥에 있는 자다. 그곳에 유명한 마법사가 갇혀있지. 존 두리틀이라는 자다. 그 마법사는 약과 마법에 대해 많은 것을 알고 있고 위대한 업적들을 이루었지. 그대의 아비가 오랫동안 그를 감옥에 묶어 두고 있군. 용감한 범포여, 해가 지면 몰래 그자에게 가라. 그리고 그를 바라보면 세상에서 가장 아름다운 여인을 얻을 하얀 왕자가 될 것이다! 내 얘기는 여기까지다. 다시 요정 나라로 돌아가야겠어. 행운을 빌지!”

“살펴 가십시오!” 왕자가 소리쳤다. “이 은혜는 잊지 않겠습니다. 감사합니다. 트립시팅카님!”

왕자는 얼굴에 웃음을 머금은 채 의자에 다시 앉아 해가 지기만을 기다렸다.

'왕자는 의자 위에 길게 누워
요정 이야기책을 읽기 시작했다.'

12

약과 마법

폴리네시아는 아주 조용히 아무도 자기를 보지 못하게 나무 뒤편으로 슬그머니 빠져나가 감옥으로 날아갔다.

감옥에 이르자 코로 창문 철창 사이를 쑤시며 궁전 부엌에서 나는 요리 냄새를 맡으려고 애쓰는 굽굽이의 모습이 보였다. 폴리네시아는 박사에게 할 말이 있다며 창문으로 박사를 데려와 달라고 굽굽이에게 말했다. 그러자 굽굽이가 낮잠 자고 있는 박사를 깨웠다.

"박사님." 박사의 얼굴이 보이자 폴리네시아가 조용히 속삭였다. "오늘 밤 범포 왕자가 박사님을 만나러 여기에 올 거예요. 왕자를 하얗게 만들 방법을 생각해두세요. 하지만 먼저 확실하게 감옥 문을 열어주겠다는 약속과 배 한 척을 구해 주겠다는 약속을 꼭 받으셔야 해요."

"좋은 작전이야. 하지만 흑인을 하얗게 만드는 건 쉽지 않아. 왕자를 다시 염색할 수 있는 옷처럼 말하는데 쉽지 않은 일이야. '표범은 자신의 무늬를 바꿀 수 있는가?', '에티오피아 사람들은 피부색을 바꿀 수 있는가?'라는 말 들어본 적 있어?"

"처음 들어봐요." 폴리네시아가 조급해하며 말했다. "하지만 무조건 하얗게 만들어야 해요. 방법을 생각해내세요. 가방에 약도 많이 남아 있잖아요. 하얗게만 만들어주면 왕자는 박사님을 위해 무슨 일이든 할 거예요. 이번이 감옥을 나갈 수 있는 유일한 기회에요."

"음, 가능할 것 같기도 해. 어디 보자…." 박사는 약 가방 쪽으로 가며 무언가 중얼거렸다. "유화 염소를 동물성 색소에 넣으면 아연화 연고였나. 그걸 임시방편으로 두껍게 바르면…."

그날 밤 범포가 감옥으로 박사를 몰래 찾아와 말했다.

"선생님, 저는 불행한 왕자입니다. 저는 몇 년 전 책에서 읽었던 잠자는 숲속의 공주를 찾으러 모험을 떠났었습니다. 세상을 며칠 돌아다니던 중 마침내 공주를 찾았고 공주를 깨우려 책에 쓰여있던 대로 아주 부드럽게 키스했습니다. 그리고 마침내 공주가 일어났습니다. 그런데 제 얼굴을 보자 "세상에 까맣잖아!"하고 소리를 지르더군요. 공주는 그 길로 도망갔고 저는 공주와 결혼하지 못했습니다. 분명 어디선가 다시 자고 있겠죠. 저는 엄청난 좌절감에 휩싸여 다시 궁전으로 돌아왔습니다. 선생님이 대단한 마법사이시며 굉장한 물약들을 많이 가지고 계신다는 얘기를 들었습니다. 그래서 선생님께 도움을 구하고자 왔습니다. 제가 다시 잠자는 숲속의 공주에게 갈 수 있게 하얗게 만들어 주신다면 선생님께 제 왕국의 절반과 원하시는 모든 것을 드리겠습니다."

"범포 왕자여." 박사는 생각에 잠겨 약 가방 안에 들어있는 병들을 바라보았다. "자네 머리를 금발로 만들어 줄 테니 대신 그걸로 만족할 수는 없겠나?"

"안됩니다. 다른 그 무엇으로도 저를 행복하게 할 수 없습니다. 저는 꼭 하얀 왕자가 되어야 합니다."

"자네도 알다시피 피부색을 바꾸는 것은 굉장히 어려운 일이야. 마법사에게도 가장 어려운 마법 중 하나지. 그저 하얀 얼굴이면 충분한가?"

"예. 그거면 충분합니다. 다른 하얀 왕자들처럼 빛나는 갑옷과 쇠 장갑을 끼고 말을 탈 거라 괜찮습니다."

"얼굴은 전부 다 하얘야 하고?"

"예. 전부 다요. 그리고 눈도 파란색이었으면 좋겠습니다. 하지만 굉장히 어려울 것 같네요."

"맞아. 굉장히 어렵다네." 박사가 재빨리 말했다. "음, 할 수 있는 걸 최대한 해보겠네만 많은 인내가 따라야 할 거야. 자네도 알다시피 모든 약이 다 확실한 건 아니거든. 아마 두세 차례 해봐야 할 수도 있네. 자네 피부는 강한가? 음, 괜찮군. 이제 불 옆으로 오게. 아, 잊을 뻔했군. 피부를 하얗게 만들기 전에 먼저 해안가로 가서 음식을 실어놓은 배를 준비해 놓게. 아무에게도 이 일을 발설하면 안 돼. 그리고 자네 피부를 하얗게 만들어 주면 꼭 나와 내 동물들을 이 감옥에서 풀어줘야 하네. 약속하게. 졸리긴키의 왕위를 걸고!"

범포는 박사와 약속하고 배를 준비하러 해안가에 갔다.

범포가 돌아와서 준비가 끝났다고 말하자 박사는 댑댑이에게 대야를 가지고 오라고 했다. 그리고 많은 약을 대야에 풀어 섞은 뒤 범포에게 얼굴을 대야 안에 담그라고 말했다.

범포는 몸을 구부려 귀 끝까지 얼굴을 담갔다.

생각보다 얼굴을 오랫동안 담그고 있자 박사는 몹시 불안하고 초조해졌다. 박사는 한쪽 다리로 서 있다가 이내 반대 다리로 바꿔 섰고 약을 조합할 때 썼던 병들을 쳐다보고는 병에 붙어있던 약 성분표를 계속 반복해서 읽었다. 독한 냄새가 감옥을 가득 메웠다.

마침내 범포가 대야에서 고개를 들고 숨을 거칠게 몰아쉬었다. 모든 동물들이 놀라 소리를 질렀다.

범포의 얼굴이 눈같이 새하얘지고 진흙 같던 눈 색이 남자다운 회색으로 변한 것이다.

박사가 범포에게 거울을 건네주자 거울 속의 자기 모습을 본 범포는 너무나 기쁜 나머지 노래를 부르며 감옥 안을 춤추며 돌아다니기 시작했다. 하지만 박사가 너무 소란스럽게 굴지 말라며 그를 제지했고 서둘러 약 가방을 닫고 감옥 문을 열어달라고 말했다.

범포는 박사에게 거울을 달라고 애원했다. 바뀐 얼굴을 계속 보고 싶은데 졸리긴키에는 거울이 하나도 없기 때문이다. 하지만 박사는 자기도 면도할 때 거울을 써야 한다며 범포의 부탁을 거절했다.

범포는 주머니에서 구리 키 한 꾸러미를 꺼내 큰 자물

쇠 두 개를 열었다. 박사와 동물들은 있는 힘껏 해안가로 뛰어갔다. 멀어져 가는 박사와 동물들을 뒤로하고 범포는 텅 빈 지하 감옥 벽에 기대어 행복하게 미소를 지었다. 범포의 얼굴은 마치 달빛에 광이 나는 상아처럼 빛이 났다.

◆

박사와 동물들이 해안가에 다다르자 배 근처 바위에서 기다리고 있는 폴리네시아와 치치가 보였다.

"범포 왕자한테 미안하네." 박사가 말했다. "왠지 약효가 오래가지 않을 것 같아. 내일 아침에 일어나면 아마 다시 전처럼 까매질 거야. 사실 그래서 거울을 안 주려고 한 것도 있어. 그런데 또 한편으로는 안 바뀔 수도 있지. 처음 써본 조합법이었거든. 솔직히 말하면 너무 잘 먹혀서 깜짝 놀랐어. 그도 그럴 것이 뭐라도 해야 했던 상황이었잖아. 죽을 때까지 궁전 부엌을 닦으면서 살 수도 없는 노릇이고. 감옥 창문 너머로 부엌을 봤었는데 엄청 더러웠어! 아무튼, 범포 왕자만 불쌍하게 됐어."

"아, 그럼 확실히 우리가 거짓말했다는 걸 알게 되겠네요." 폴리네시아가 말했다.

"애초에 우리를 감옥에 가둔다는 것부터가 말이 안 됐어." 댑댑이가 화가 나서 꼬리를 흔들었다. "우리가 피해 준 건 하나도 없었잖아. 피부가 다시 까매지면 그래도 싸지! 완전 새까만 색이 됐으면 좋겠네."

"그래도 왕자는 아무 상관도 없었잖아. 우리를 가둔 건 왕이었지 왕자가 아니었어…. 다시 돌아가서 사과해야 하나. 아…, 음…, 퍼들비에 돌아가면 사탕이나 좀 사서 보내야겠다. 왕자가 하얗게 있을 수도 있잖아?" 박사가 말했다.

"왕자가 하얗더라도 잠자는 숲속의 공주는 절대 왕자를 받아들이지 않을 거예요. 예전 얼굴이 더 나았어요. 어떤 색이 되었든 못생겼었을 거예요." 댑댑이가 말했다.

"그래도 착했잖아. 낭만적이고 착한 사람이었어. 어쨌든 '마음이 예뻐야 겉모습도 멋있어 보이는 법'이야." 박사가 말했다.

"제 생각에 잠자는 숲속의 공주를 찾았다는 건 거짓말 같아요." 지프가 말했다. "분명 사과나무 밑에서 자고 있던 어떤 뚱뚱한 아줌마한테 키스했을 거예요. 자는 사람한테 키스해놓고 무서워한다고 뭐라고 하는 게 잘못된 거죠! 다음에는 누구한테 가서 키스할지 궁금하네요. 그건 범죄예요!"

그리고 박사는 푸시미 풀류, 하얀 쥐, 굽굽이, 댑댑이, 지프, 투투와 함께 배에 올랐다. 하지만 치치와 폴리네시아와 악어는 그곳에 남았다. 그들의 진짜 고향은 아프리카였기 때문이다.

박사는 배에 올라서서 저 멀리 바다 건너편을 바라보았다. 그리고 그 순간 퍼들비로 가는 길을 가르쳐줄 사람이 없다는 사실을 깨달았다.

광활한 바다는 달빛에 비쳐 몹시 거대하고 적막해 보였다. 박사는 육지가 시야에서 사라지면 길을 잃을까 걱정이 되었다.

박사가 생각에 잠겨있을 때 하늘 높이 밤공기를 뚫고 바스락거리는 이상한 소리가 들려왔다. 동물들은 작별 인사를 멈추고 하늘에서 들려 오는 소리에 귀를 기울였다.

바스락거리는 소리는 더욱 커지고 시끄러워졌다. 점점 동물들과 가까워지는 것 같았다. 그 소리는 가을바람이 사시나무 잎들 사이로 부는 소리 같기도 했고, 크고 세찬 비가 지붕 위를 때리는 소리 같기도 했다.

그때 지프가 꼬리를 쫙 펴고 코로 하늘을 가리키며 말했다.

"새다! 어마어마하게 많은 새가 엄청 빨리 날고 있어. 저기 봐!" 박사와 동물들은 위를 올려다보았다. 하늘에는 작은 새 수천 마리가 달 표면을 줄줄이 가로질러 날고 있었고 그 모습은 마치 개미들이 모여 만든 거대한 군단 같았다. 이내 온 하늘이 새로 가득 찬 것 같았지만 끊임없이 날아들었다. 그 양이 어찌나 많은지 먹구름이 해를 가렸을 때처럼 새가 달을 완전히 가려 달빛이 잠시 비추지 않았고 바다가 어두컴컴 해졌다.

이내 새들이 아래로 가까이 내려와 바다와 육지를 훑어보았다. 그러자 하늘이 다시 전과 같이 맑아졌고 달이 빛났다. 새들은 여전히 소리를 내지도 울지도 지저귀지도 않았지만 바스락거리는 깃털 소리만은 전보다 더 커졌다. 모래사장과 배의 밧줄 위에 (나무를 제외한 온 사방에) 새들이 자리를 잡기 시작하자 파란 날개와 하얀 가슴과 깃털로 덮여있는 매우 짧은 다리가 박사의 눈에 들어왔다. 이내 새들이 모두 내려앉자 한순간 주변의 모든 소리가 사라졌다. 고요한 정적이 흘렀다.

잠잠한 달빛 아래 박사가 입을 열었다.

"아프리카에 이렇게 오래 있었는지 몰랐어. 제비들이 다시 돌아가는 걸 보니 여름쯤이나 돼야 집에 도착하겠네.

제비들이여, 우리를 기다려 주어 고맙네. 정말 속이 깊구먼. 이제 바다에서 길 잃을 걱정을 안 해도 되겠어…. 자, 닻을 올리고 출항하자!"

배가 점점 멀어지자 아프리카에 남은 치치와 폴리네시아와 악어는 몹시 슬퍼졌다. 그들 평생 존 두리틀 박사만큼 좋아했던 사람이 없었기 때문이다.

치치와 폴리네시아와 악어는 박사에게 끊임없이 소리치며 작별 인사를 했고 바위 위에 서서 배가 보이지 않을 때까지 손을 흔들며 통곡했다.

'바위 위에 서서 배가 보이지 않을 때까지

손을 흔들며 통곡했다.'

13

빨간 돛과 파란 날개

박사와 동물들은 집으로 향하던 도중 바르바리 해안을 거쳐야 할 상황에 놓였다. 바르바리 해안은 사하라 사막과 맞닿아 있는 곳으로 파도가 거칠고 인적이 드물며 모래와 돌이 가득했다. 또한 바르바리 해적이 사는 곳이기도 했다.

바르바리 해적은 악랄한 자들로 사람들이 바르바리 해안에서 조난 당하기를 기다렸다. 그러다 종종 지나가는 배가 보일 때면 해적선을 타고 습격하여 배에 있는 모든 물건을 약탈하고 사람들을 납치한 다음 배를 부수었다.

해적들은 바리바리로 돌아가 붙잡은 사람들에게 돈을 요구하는 편지를 쓰게 하여 가족들과 친구들에게 보냈는데 만약 돈을 보내지 않으면 서슴없이 그들을 바다로 던져버렸다. 바르바리 해적은 이런 자신의 악행을 꽤 자랑스럽게 여겼다.

햇살이 따사로운 어느 날 박사와 댑댑이가 배를 오르락내리락 걸으며 운동을 하고 있었다. 기분 좋은 상쾌한 바람이 배를 따라 불어와 모두 기분이 좋은 날이었다. 이내 저 멀리 바다 끝자락에 있는 돛이 댑댑이의 눈에 들어왔다. 빨간 돛이었다.

"저 돛 생긴 게 맘에 안 들어." 댑댑이가 말했다. "왠지 좋은 배 같지 않은데. 또 문제가 생기면 어떡하지."

근처에서 햇볕을 쬐며 낮잠을 자고 있던 지프가 으르렁대며 잠꼬대를 했다.

"구운 소고기 냄새가 나는데. 그레이비소스를 곁들인 미디엄 스테이크야."

"세상에! 지프 지금 자면서 냄새 맡고 말까지 하는 거야?" 박사가 감탄했다.

"그런 거 같아요. 개는 자면서 냄새를 맡을 수 있거든요." 댑댑이가 말했다.

"그런데 무슨 냄새를 맡는 거지? 우리 배에 고기 굽고 있는 건 없는데."

"우리 배가 아니에요. 아마 저 배에서 나는 냄새일 거예요."

"그런데 저 배는 15km나 떨어져 있잖아. 저렇게 멀리서 나는 냄새를 어떻게 맡아."

"지프는 맡을 수 있어요. 물어보세요."

여전히 깊은 잠에 빠져있던 지프가 다시 으르렁거리더니 화가 나서 입술을 동그랗게 말고 하얗고 깨끗한 이를 드러냈다.

"나쁜 사람의 냄새가 나." 지프가 으르렁댔다. "맡아본 냄새 중에 가장 최악의 사람들이야. 아주 지독해. 한 사람이 용감히 악당 여섯 명과 맞서고 있는 냄새야. 도와주고 싶어. 워-우-월!" 지프는 큰 소리로 짖다가 자기가 짖는 소리에 놀라 어안이 벙벙한 표정으로 잠에서 깼다.

"저기 봐!" 댑댑이가 소리쳤다. "배가 더 가까워졌어. 커다란 빨간 돛을 세 개나 달고 있네. 누군지는 몰라도 우리를 쫓아오고 있는 게 분명해…. 누구지…."

"배가 엄청 빠른 걸 보니 분명 바르바리 해적일 거야." 지프가 말했다.

"이런, 돛을 더 달아야겠어." 박사가 말했다. "속도를 더 내서 해적들한테 벗어나야겠어. 지프, 빨리 아래층에 내려가서 돛을 다 가지고 와."

지프는 서둘러 아래층으로 내려가 찾을 수 있는 모든 돛을 가지고 올라왔다.

가지고 온 돛을 모두 돛대에 달아 바람을 받게 했지만 박사의 배는 여전히 해적선보다 느렸고 해적선은 점점 더 가까워졌다.

"왕자가 우리한테 안 좋은 배를 줬어. 가장 느린 배를 준 거야. 당연히 그랬겠지. 이 낡은 배를 타고 해적한테 도망가는 걸 바라느니 차라리 종이배를 타고 경주에서 우승하는 게 빠르겠네. 이젠 바로 뒤에 있잖아! 콧수염까지 보이겠어. 어떡하지?" 굽굽이가 말했다.

박사는 댑댑이에게 하늘로 올라가 제비들에게 해적이 쫓아 오는 사실을 알리고 어떻게 해야 하는지 물어보라고 했다.

그러자 제비들이 댑댑이의 이야기를 듣고 모두 배로 내려와 박사와 동물들에게 긴 밧줄을 최대한 빨리 풀어 얇은 끈으로 만들고 한쪽 끝을 배 앞에 묶으라고 말했다. 이후 모든 준비가 끝나자 제비들이 끈을 발로 잡고 하늘로 날아올라 배를 끌었다.

제비가 한두 마리일 때는 별로 강하지 않지만, 무수히 많은 제비들이 모인다면 이야기가 달라진다. 이천 마리의 제비들이 배에 묶여있는 천 개의 끈을 하나씩 잡고 날자 배가 굉장히 빠른 속도로 갔다.

박사는 이내 배가 빠르게 가는 것을 느끼고 두 손으로 모자를 움켜잡았다. 부글부글 거품을 내며 끓는 파도 사이를 배가 혼자 빠르게 날아가는 것 같았다.

박사와 동물들은 뒤를 돌아 해적선을 보았다. 해적선이 가까워지지 않고 점점 멀어지자 동물들은 불어오는 바람을 맞으며 기뻐 환호성을 질렀다. 빨간 돛을 단 해적선은 이제 저 멀리 있었다.

“분명 바르바리 해적이야.”

14

쥐의 경고

바다를 헤쳐가며 배를 끌고 가기란 여간 힘든 일이 아니다. 두세 시간 뒤 제비들은 지쳐 날개가 무거워졌고 숨을 헐떡이기 시작했다. 제비들은 박사에게 근처에 있는 섬에 잠깐 들려 깊은 만에 배를 숨겨놓고 숨을 돌려야겠다고 이야기했다.

그리고 이내 제비들이 말한 섬이 보였다. 매우 높고 아름다운 푸른 산이 섬의 한 중앙에 있었다.

배는 바다에서 보이지 않는 만에 무사히 도착했고, 박사는 마실 거리가 다 떨어져 섬에 물을 찾으러 간다고 말했다. 그리고 이어 동물들에게도 들판에서 놀며 몸을 풀라고 하였다.

박사와 동물들이 배에서 내리자 엄청나게 많은 쥐가 잇따라 배 아래에서 올라와 내리기 시작했다. 그러자 지프가 쥐들을 쫓아다녔다 (쥐 쫓기 놀이는 지프가 가장 좋아하는 놀이였다). 박사는 지프에게 가만히 있으라고 말했다.

박사에게 할 말이 있어 보이는 크고 까만 쥐가 지프를 곁눈질로 쳐다보며 소심하게 난간을 따라 앞으로 기어 나왔다. 그리고 쭈뼛쭈뼛 두어 번 헛기침을 하더니 콧수염과 입을 말끔히 닦고 말했다.

"으흠…, 그…, 당연히 박사님께서는 배 안에 쥐가 산다는 걸 알고 계셨죠?"

"알고 있었네." 박사가 말했다.

"그럼 쥐는 가라앉는 배를 떠난다는 말도 들어보신 적 있으시죠?"

"들은 적 있네."

"사람들은 그게 무슨 수치스러운 것처럼 얘기하면서 비웃는데 우리를 욕하면 안 돼요. 도망갈 수 있는데 누가 가라앉는 배에 남아 있겠어요? 그렇지 않나요?"

“자연스러운 거지. 당연한 거야. 충분히 이해하네. 혹시…, 혹시 하고 싶은 말이 더 있나?”

“네. 이 배를 떠날 거라고 말씀드리려고 왔어요. 그리고 한 가지 더 말씀드릴 게 있어요. 배 상태가 너무 안 좋아요. 양옆이 삐걱대고 판자는 썩었어요. 내일 밤이 지나기 전에 가라앉을 거예요.”

“그걸 어떻게 아는가?” 박사가 물었다.

“우리 쥐들은 알 수 있어요. 꼬리 끝에서 따끔따끔한 느낌이 들거든요. 발에 쥐 난 것 같이요. 오늘 아침 6시에 아침을 먹고 있었는데 꼬리가 갑자기 따끔거렸어요. 처음에는 관절염이 다시 도졌구나 생각해서 이모에게 이모는 어떠시냐고 여쭤봤어요. 혹시 이모 기억하세요? 얼룩덜룩한 긴 무늬가 있는 쥐인데 꽤 말랐어요. 작년 봄에 황달에 걸리셔서 박사님이 퍼들비에 계실 때 찾아갔었는데, 아무튼 이모는 꼬리 전체가 엄청 따끔거린다고 하시더라고요! 그때 확실히 깨달았죠. 이 배는 이틀 안에 가라앉을 거라는 걸요. 그래서 아무 섬이나 가까워지면 바로 떠나기로 했어요. 박사님, 배 상태가 너무 안 좋아요. 이 배로 더 항해하시다가는 분명 물에 빠져 죽을 거예요…. 이제 저희는 가볼게요! 이 섬에서 살기 좋은 곳을 찾아봐야겠어요.”

“잘 가시게! 와서 말해주어 정말 고맙네. 정말 속이 깊구먼! 이모에게도 안부 전해주게. 내 자네 이모를 똑똑히 기억하고말고…. 지프! 그 쥐 가만히 내버려 둬! 일로와! 앉아!”

그리고 박사와 동물들은 제비들이 쉬는 동안 양동이와 프라이팬을 가지고 물을 찾으러 길을 나섰다.

“이 섬의 이름은 뭘까? 꽤 좋은 섬 같아 보이는데. 새가 엄청 많군!” 박사가 산비탈을 오르며 말했다.

“여기는 카나리아 군도에요. 카나리아 새 소리 들리시죠?” 댑댑이가 말했다.

박사는 발걸음을 멈추고 잠시 귀를 기울였다.

“오, 그러네. 카나리아 소리가 들려! 아직도 배워야 할 게 참 많아! 카나리아들한테 물어보면 물을 어디서 구할 수 있을지 알려주려나.” 박사가 말했다.

그리고 이내 철새에게 박사 이야기를 속속들이 들었던 카나리아들이 박사에게 다가와 아주 맑고 시원한 물이 흐르는 아름다운 샘물로 그를 인도했고, 그 외에도 새 모이가 자라는 윤기가 흐르는 초원과 섬 구석구석을 보여주었다.

푸시미 풀류는 초원을 보자 너무나 기뻤다. 배에서 먹던 마른 사과보다 푸른 잔디가 훨씬 더 좋았기 때문이다.

굽굽이도 사탕수수로 가득 찬 골짜기를 발견하고는 너무 기뻐 "꿀!"하고 소리쳤다.

그렇게 푸시미 풀류와 굽굽이는 한가득 먹고 마신 뒤 카나리아들이 불러주는 노래를 들으며 누워있었다. 그때 제비 두 마리가 크게 흥분한 기색으로 허둥대며 급하게 날아왔다.

"박사님!" 제비들이 소리쳤다. "지금 해적들이 우리 배를 장악하고 아래층에서 물건을 훔치고 있어요. 지금 해적선에는 아무도 없어요. 빨리 해안가로 가서 해적선을 타고 도망치세요. 서두르셔야 해요."

"정말인가? 절호의 기회로군!" 박사가 말했다.

박사는 바로 동물들을 불러 모으고 카나리아들에게 인사를 한 뒤 바닷가로 뛰어 내려갔다.

해안가에 이르자 빨간 돛 세 개가 달린 해적선이 정박해있었다. 제비들이 말한 대로 해적선에는 아무도 없었고 해적들은 박사의 배를 뒤지느라 정신이 없었다.

박사는 동물들에게 아주 조용히 해적선에 올라타라고 말했다.

"쥐는 가라앉는 배를 떠난다는 말
들어보신 적 있으시죠?"

15

바르바리 드래곤

굽굽이가 카나리아섬에서 눅눅한 사탕수수를 먹으면서 상상 감기에만 걸리지 않았어도 다 잘 해결되었을 것이다. 사건의 자초지종은 이러했다.

박사와 동물들이 조용히 닻을 올리고 만에서 아주 조심히 해적선을 출항시키고 있을 때였다. 그때 갑자기 굽굽이가 아주 큰 소리로 재채기했고 박사의 배에 있던 해적들이 무슨 소리인지 확인하기 위해 위층으로 급히 뛰어 올라왔다.

해적들은 박사가 도망가는 것을 보자마자 박사의 배를

이끌고 만 입구를 가로막았다. 박사는 결국 바다로 나가지 못했다.

그때 자신을 '벤 알리 드래곤'이라고 칭하는 해적 선장이 박사에게 주먹을 흔들며 소리쳤다.

"하하! 네놈은 잡혔어. 이 쥐새끼 같은 놈! 내 배를 타고 도망가려고 했나, 응? 하지만 네놈의 항해 실력이 이 벤 알리 드래곤을 능가하지 못하는군. 그 돼지랑 오리를 넘겨라. 오늘 저녁은 돼지고기 폭찹과 오리구이다. 집에 무사히 돌아가고 싶거든 친구들한테 가방에 금을 가득 넣어서 보내라고 해."

굽굽이는 울기 시작했고, 댑댑이는 날아서 도망갈 준비를 했다. 투투가 조용히 박사에게 말했다.

"박사님, 계속 말을 걸면서 친절하게 대해주세요. 쥐들이 말했던 대로 저 배는 너무 낡아서 내일 밤이 되기 전에 가라앉을 거예요. 쥐는 항상 정확하거든요. 배가 가라앉을 때까지만 계속 말을 걸면서 호의적인 척해 주세요."

"뭐? 내일 밤까지? 음, 최대한 해볼게…. 어디 보자, 무슨 말을 해야 하지?" 박사가 말했다.

"박사님, 해적들을 이쪽으로 불러요." 지프가 말했다. "저 더러운 놈들이랑 싸워서 이길 수 있어요. 저쪽은 여섯 명밖에 없잖아요. 한판 붙어요. 집에 돌아가서 얼른 옆집 개 콜리한테 진짜 해적을 물었다고 얘기해 주고 싶네. 이쪽으로 오라고 그래요. 싸울 수 있어요.”

“그러기에는 저쪽에 총이랑 칼이 있는데. 아니야. 절대 싸우면 안 돼. 선장한테 말을 걸어야겠어…. 이보게, 벤 알리….”

하지만 박사가 말을 채 이어나가기도 전에 해적들이 깔깔대며 배를 가까이 몰고 왔다.

“돼지를 잡을 첫 번째 주인공은 누구인가?”

굽굽이는 두려움에 몹시 떨었다. 푸시미 풀류는 싸움에 대비해 뿔을 돛대에 갈아 날카롭게 만들기 시작했고, 지프는 계속 위로 뛰어오르며 벤 알리를 욕하며 짖어댔다.

하지만 그때 해적들이 웃고 조롱하기를 멈추고 당황한 기색을 보였다. 이내 분위기가 어수선해지기 시작했다. 해적들에게 문제가 생긴 것 같았다.

그때 벤 알리가 자기 발을 한번 쳐다보고 갑자기 소리를 질렀다. “이런 젠장! 물 새잖아!”

해적들이 배 반대편을 유심히 쳐다보았다. 배가 점점 가라앉고 있었다. 한 해적이 벤 알리에게 말했다.

“그런데 배가 가라앉는 거라면 도망가는 [illegible]

정상인데요."

지프가 해적들을 향해 소리쳤다.

"제법 똑똑하구나, 멍청이들아. 하지만 쥐는 배 안에 없어! 2시간 전에 떠났거든! 하하, 잘 가라, 거머리 같은 놈들아!"

하지만 물론 해적들은 지프의 말을 알아듣지 못했다.

이내 뱃머리가 점점 빠르게 가라앉아 배가 물구나무 서 있는 것처럼 보였고, 해적들은 배에서 떨어지지 않으려고 난간과 돛대, 밧줄, 눈에 보이는 모든 물건에 매달렸다. 바닷물이 우르릉대며 빠른 속도로 모든 창문과 문을 뚫고 세차게 몰려들었다. 배는 거대한 꼬르륵 소리와 함께 바다 아래로 가라앉았고 해적들은 수심이 깊은 바다에 빠져 허우적댔다.

바다에 빠진 해적들은 해안가로 헤엄치기 시작했고 몇 해적들은 박사가 타고 있는 배에 오르려고 했다. 하지만 지프가 계속 배에 기어 올라오는 해적들의 코를 깨무는 바람에 해적들은 배에 오르기 무서워했다. 그때 갑자기 해적들이 공포에 사로잡혀 비명을 지르기 시작했다. "상어다! 상어가 오고 있어! 제발 배에 들여보내 주세요! 죽고 싶지 않아요! 부탁이에요. 제발요!"

이내, 만 곳곳에서 바다를 빠르게 휘저으며 헤엄치는 거대한 등지느러미가 박사의 눈에 들어왔다.

한 거대한 상어가 배 근처로 다가와 코를 물 밖으로 내밀고 박사에게 말을 걸었다.

“선생님이 그 유명한 수의사 존 두리틀 박사님입니까?”

“예. 그렇습니다.” 박사가 말했다.

“저희도 이 해적들이 질 나쁜 놈들이란 걸 압니다. 그중에서도 벤 알리가 가장 악질이지요. 만약 이놈들이 박사님을 괴롭히고 있다면 우리가 기꺼이 먹어서 처리해 드릴 수 있습니다. 그럼 더 이상 귀찮은 일에 휘말리지도 않으시겠지요.”

“감사합니다. 배려가 넘치시는군요. 하지만 굳이 먹을 필요는 없을 것 같습니다. 그저 제가 말씀드리기 전까지 해적들이 해안가로 못 가게 해주세요. 그저 계속 헤엄치게 두시면 됩니다. 괜찮겠습니까? 그리고 벤 알리를 이곳으로 데려와 주시면 감사하겠습니다. 할 말이 있거든요.”

그러자 상어가 몸을 돌려 벤 알리를 박사 쪽으로 몰고 왔다.

“벤 알리, 잘 들어라.” 박사가 몸을 한쪽으로 기댄 채 말했다. “너는 지금껏 아주 악랄하게 살아왔다. 그것도 많은 사람을 죽이면서 말이야. 상어들이 너를 먹어주겠다고 제안했었다. 네가 바다에서 없어진다면 확실히 좋긴 하겠지만 내가 말하는 것들을 지키겠다고 약속한다면 너를 무사히 보내주겠다."

"제가 뭘 하면 됩니까?" 벤 알리가 물었다. 그리고 옆에서 자신의 다리 냄새를 맡고 있는 물속의 큰 상어를 내려다보았다.

"절대 사람을 죽이지 말고, 도둑질을 그만두고, 다른 사람의 배를 침몰시키지 말고, 모든 해적질을 그만두어야 한다."

"그럼 저는 뭘 해 먹고 삽니까? 어떻게 살아요?"

"부하들과 함께 이 섬에서 살면서 새 모이를 재배하는 농부가 되어라. 카나리아들을 위해 새 모이를 길러." 박사가 대답했다.

그 말을 들은 벤 알리는 분노에 차올라 얼굴이 새하얘졌다. "새 모이를 키우라고요? 뱃사람이 되면 안 됩니까?" 벤 알리가 넌더리가 나서 신음을 내뱉었다.

"안 돼." 박사가 단호하게 말했다. "뱃사람은 충분히 했잖아. 게다가 너는 수많은 배와 무고한 사람들을 바닷속에 매장했어. 남은 인생을 평화로운 농부로 살아. 상어가 기다리는군. 더 시간을 뺏으면 안 되겠어. 결정해."

"젠장! 새 모이라니!" 벤 알리가 중얼댔다. 그리고 다시 물속을 내려다보자 자신의 다리 냄새를 맡고 있는 거대한 상어가 보였다.

"알겠습니다. 농부가 되겠습니다." 벤 알리가 슬픈 목소리로 말했다.

"명심해. 약속을 어기고 또다시 도둑질과 살인을 저지른다면 카나리아 새들이 나에게 와서 말해줄 거야. 만약 그런 소리가 들려 온다면 반드시 네 죗값을 치르게 하겠다. 아무리 네 항해 실력이 뛰어나다 한들 새와 야수와 물고기가 나의 친구이니 해적 선장을 무서워할 필요가 없지. 자신을 바르바리 드래곤이라고 칭해도 말이야. 자 이제 가서 착한 농부로 평화롭게 살아."

말을 마친 후 박사는 상어 쪽으로 몸을 돌려 손짓하며 말했다.

"다 됐습니다. 이제 해적들을 섬으로 보내줘도 됩니다."

"이보게, 벤 알리…."

16

귀 좋은 투투

박사와 동물들은 한 번 더 상어들에게 감사를 표한 후 빨간 돛이 펄럭이는 해적선을 타고 집으로 가는 여정에 올랐다.

넓은 바다에 접어들자 동물들은 모두 새 배의 내부를 구경하러 아래층으로 내려갔고, 박사는 파이프를 입에 문 채 배의 끝에 있는 난간에 기대어 파란 노을 아래 아득히 사라져가는 카나리아섬을 바라보았다.

박사는 난간에 기대어 카나리아섬을 바라보다가 문득 원숭이들은 잘 지내고 있는지, 집 정원은 어떤 모습일지 궁금해졌다. 그때 댑댑이가 이야기 한 보따리를 가지고 환하게 웃으며 계단을 허둥지둥 올라왔다.

“박사님!” 댑댑이가 큰 소리로 말했다. “이 해적선 진짜 고급스럽고 엄청나요! 아래층에 프림로즈 실크로 만들어진 침대가 있는데 베개랑 쿠션이 몇백 개나 있어요. 바닥에는 두껍고 부드러운 카펫이 깔려있고요. 접시도 은접시에요. 게다가 온갖 종류의 음식이랑 음료가 있는데 다 귀한 거예요. 식료품 저장고도 있는데 진짜 가게 같아요. 여기 다 있어요. 이런 건 한 번도 못 보셨을 거예요. 정어리가 종류별로 다섯 가지나 있다니까요! 와서 보세…, 아, 맞다. 아래층에 작은방 하나가 잠겨있는데 안에 뭐가 들었는지 궁금해서 다들 문을 따려고 난리에요. 지프는 해적이 보석을 모아놓은 방일 거래요. 그런데 문을 딸 수가 없어요. 내려가서 한 번만 봐주세요.”

아래층으로 내려가자 엄청나게 아름다운 내부가 눈앞에 펼쳐졌다. 동물들이 작은방 주위에 모여 안에 무엇이 있을지 왁자지껄 이야기하고 있었다. 박사가 손잡이를 돌려보았지만 문은 열리지 않았다. 그러자 동물들이 배 안을 샅샅이 뒤지며 열쇠를 찾기 시작했다. 깔개와 카펫 아래, 찻장과 서랍과 사물함 안 그리고 식당에 있던 커다란 궤

짝 안까지 배 안 모든 곳을 살펴보았다.

배 안을 찾아보며 처음 보는 물건과 진귀해 보이는 물건을 많이 발견했다. 해적이 다른 배에서 훔쳐 온 물건들 같았다. 금색 꽃 자수가 놓여 있는 거미줄만큼 얇은 카슈미르 숄, 질 좋은 자메이카산 담배가 들어 있는 병들, 러시아 찻잎이 가득 들어 있는 조각된 상아 상자들, 뒤판에 사진이 붙어있는 현이 끊어진 오래된 바이올린, 코랄과 앰버로 조각된 커다란 체스 세트, 손잡이를 잡아당기면 칼이 나오는 지팡이, 테두리가 은으로 되어있는 푸른 청록색 와인잔 여섯 개 그리고 정교하게 만들어진 영롱한 자개 설탕통을 찾았다. 하지만 배 어디에도 열쇠는 보이지 않았다.

동물들은 다시 작은방 앞으로 돌아왔다. 지프가 열쇠 구멍 안을 들여다보았다. 하지만 벽 안쪽에 무언가 기대어 있어 아무것도 보이지 않았다.

모두 우두커니 서서 어떻게 해야 할지 생각하고 있을 때 투투가 불쑥 말을 꺼냈다.

“쉿! 잠깐만! 안에 누가 있어!”

동물들은 한순간 하던 행동을 모두 멈췄다. 박사가 말했다. “투투야, 잘 못 들은 것 같은데 아무 소리도 안 들려."

"아니에요. 똑똑히 들었어요. 쉿! 방금 또 들렸어요. 이 소리 안 들리세요?"

"아무 소리도 안 들리는데. 무슨 소리인데 그래?"

"어떤 사람이 주머니에 손 넣는 소리예요."

"그건 거의 소리도 안 나잖아. 그 소리를 여기서 어떻게 들어."

"못 믿으시겠지만 전 들을 수 있어요. 확실히 문 반대편에 주머니에 손 넣은 사람이 있어요. 거의 모든 것은 소리가 나요. 그 소리들을 들을 수 있을 정도로 박사님 귀가 예민하다면 말이죠. 박쥐들은 두더지가 땅굴 지나다니는 소리를 들을 수 있다고 자기 귀가 좋다고 생각해요. 하지만 우리 올빼미들은 한쪽 귀로만 들어도 어둠 속에서 눈을 깜박인 고양이가 무슨 색인지 알 수 있어요."

"정말이야? 그런 능력이 있다니 대단하네…. 방 안에 있는 사람이 뭘 하고 있는지 다시 듣고 얘기해줘."

"아직 확실하지는 않은데 사람 한 명에, 여자인 것 같아요. 열쇠 구멍에서 소리를 들을 수 있게 저를 위로 올려주세요. 들리는 게 있으면 말씀드릴게요."

박사는 투투를 잡고 열쇠 구멍 쪽으로 가까이 가져다

댔다.

잠시 후 투투가 말했다.

"왼손으로 얼굴을 비비고 있어요. 손이랑 얼굴이 작은 사람이에요. 여자인 것 같아요. 아니다. 머리를 뒤로 쓸어 넘기고 있어요. 남자예요."

"여자도 가끔 그래." 박사가 말했다.

"그건 그렇죠. 하지만 여자들이 머리를 뒤로 넘길 땐 머리가 길어서 다른 소리가 나요…. 아! 누가 저 돼지 좀 잡아봐. 정신 사나워 죽겠네! 소리를 더 잘들 수 있게 다들 잠깐만 숨 좀 참아줘. 소리만으로 누군지 알아내는 건 엄청 어려운 일이라 그래. 이 망할 문은 또 왜 이렇게 두꺼워! 쉿! 다들 그대로 움직이지 말고. 눈 감고. 숨 참아."

투투는 몸을 앞으로 젖혀 오랫동안 신중하게 들었다. 마침내 투투가 박사의 얼굴을 올려다보고 말했다.

"안에 있는 사람이 우울한가 봐요. 울고 있어요. 우리한테 들킬까 봐 소리도 안 내고 눈물만 흘리고 있어요. 하지만 저는 눈물 한 방울이 옷소매 위로 떨어지는 소리를 똑똑히 들었죠."

"천장에서 떨어진 물방울에 맞았던 거일 수도 있잖아." 굽굽이가 말했다.

“어휴! 말이나 못 하면!” 투투가 콧방귀를 뀌었다. “천장에서 떨어지는 물소리였으면 열 배는 더 컸어!”

“음, 안에서 사람이 울고 있다면 들어가서 무슨 일인지 알아봐야겠어. 문을 부수고 들어가게 도끼 한 자루만 찾아줘.” 박사가 말했다.

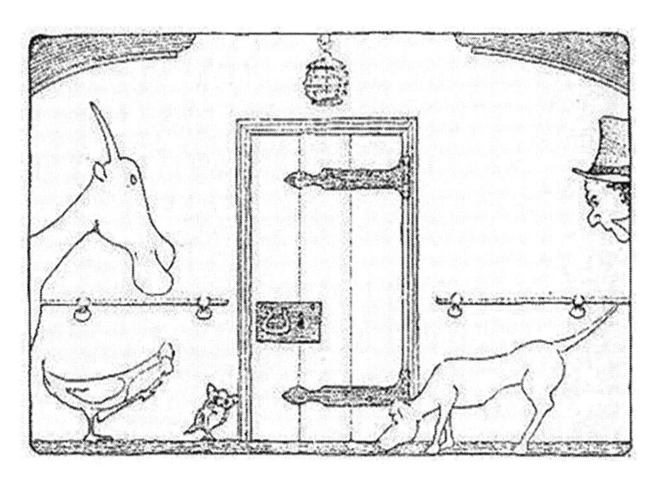

"쉿! 잠깐만! 안에 누가 있어!"

17

바다 수다쟁이

박사의 말이 끝나자마자 동물들이 바로 도끼를 찾아왔다. 박사는 도끼로 문을 내려쳐 문에 커다란 구멍을 냈고 구멍은 건너편으로 기어가기에 충분했다.

방안은 너무나도 어두워서 아무것도 보이지 않았다. 박사는 성냥을 그어 불을 켰다.

천장이 낮고 창문이 없는 꽤 작은방이었다. 가구라고는 작은 스툴 의자 하나밖에 없었다. 배 안을 굴러다니지 못하게 아래를 묶어 놓은 커다란 오크통들이 벽에 붙어 방을 둘러쌌고, 온갖 크기의 은색 납 주전자가 오크통 위에 있는 나무 걸이에 걸려 있었다. 방안에서 진한 와인 냄새가 풍겼다. 그리고 방 한가운데 여덟 살쯤 되어 보이는 작은 남자아이가 앉아서 서럽게 울고 있었다.

"럼주 방이 틀림없어요." 지프가 작은 목소리로 속삭였다.

"맞아요. 럼주 냄새가 엄청나요! 냄새 때문에 취할 것 같아요." 굽굽이가 말했다.

남자아이는 앞에 서 있는 박사와 부서진 문구멍으로 자기를 쳐다보고 있는 동물들을 보고 겁에 질린 것 같았다.

"얘야, 넌 해적은 아닌 것 같은데 누구니?" 박사가 물었다.

그리고 박사가 고개를 뒤로 젖혀 오랫동안 큰 소리로 웃자 아이도 따라 웃기 시작했고 이후 다가와 박사의 손을 잡았다.

"친구처럼 웃으시는 걸 보니 해적이 아니시네요." 아이가 말했다. "우리 삼촌이 어디 있는지 아시나요?"

"미안하지만 나도 모르겠구나. 삼촌을 마지막으로 본 게 언제니?"

"이틀 전이었어요. 삼촌이랑 같이 배낚시를 하고 있었는데 해적들이 다가와서 배를 부수더니 우리를 여기로 끌고 왔어요. 그리고 해적들은 삼촌이 배를 엄청 잘 몬다는 걸 알고 해적이 되라고 했어요. 하지만 삼촌은 훌륭한 어부는 살인과 도둑질을 하지 않는다며 해적이 되지 않겠다고 했죠. 그러자 벤 알리 선장이 엄청 화가 나서 이를 갈더니 바다에 빠져 죽고 싶지 않으면 시키는 대로 하라고 삼촌을 협박했어요. 해적들은 저를 아래층으로 끌고 가서 가두었고 위층에서는 싸우는 소리가 들렸어요. 그리고 다음 날 저를 밖으로 풀어줬는데 삼촌이 아무 데도 안 보이는 거예요. 그래서 해적들한테 삼촌이 어디에 있는지 물어봤는데 아무도 대답해주지 않았어요. 해적들이 삼촌을 바다에 빠뜨린 건 아닌지 너무 걱정돼요."

말을 마치고 아이가 다시 울기 시작했다.

"음, 잠깐만, 울지 말고 식당에 가서 차라도 한잔 마시자꾸나. 가서 다시 얘기해보자. 삼촌은 무사하실 거야. 아직 아무것도 모르잖아. 그렇지? 그리고, 우리가 삼촌을 찾을 수도 있을 거 같아. 일단은 식당에 가서 빵이랑 차를 마시자. 그다음 우리가 뭘 할 수 있는지 생각해보는 거야." 박사가 말했다.

무슨 일인지 너무 궁금했던 동물들은 숨죽여 박사와 아이의 대화를 들었다. 박사와 아이가 식당으로 자리를 옮겨 차를 마시고 있을 때 댑댑이가 박사 의자 뒤로 다가와 조용히 말했다.

"돌고래들에게 아이의 삼촌이 물에 빠졌는지 물어보세요. 돌고래들은 알 거예요."

"그게 좋겠다." 박사가 잼 바른 빵을 두 개째 먹으며 말했다.

"혀로 딱딱 소리를 내시는 거예요? 신기해요." 아이가 물었다.

"아, 잠깐 오리 말로 말한 거란다. 이 오리는 댑댑이라고, 내가 키우는 오리야." 박사가 대답했다.

"오리한테도 말이 따로 있는지 몰랐어요. 여기 있는 다른 동물들도 다 아저씨가 키우는 거예요? 저기 머리가 두 개 달린 이상한 동물은 무슨 동물이에요?"

"쉿!" 박사가 작은 목소리로 말했다. "저건 푸시미 풀류인데 자기 얘기하는 걸 모르게 해야 돼. 엄청 부끄러워하거든. 있잖아, 어쩌다 저 방에 갇히게 됐니?"

"해적들이 다른 배로 도둑질하러 갈 때 저를 그 방에 가둬 놓았어요. 문이 부서지는 소리를 들었을 때는 정말 누구인지 몰랐어요. 저를 찾은 사람이 아저씨라서 정말 다행이에요. 저희 삼촌도 찾을 수 있을까요?"

"음, 최선을 다해보마. 삼촌이 어떻게 생기셨니?"

"엄청 진한 주황 머리에 한쪽 팔에 닻 문신이 있어요. 힘도 엄청 세요. 남쪽 대서양에서 제일가는 어부예요. 삼촌 낚시 배 이름은 사우씨 샐리에요. 커터형 범장 범선이에요."

"'커형범선'이 뭐야?" 굽굽이가 중얼거리며 지프 쪽을 돌아봤다.

"조용히 좀 해! 삼촌이 가지고 있었던 배 종류야. 가만히 좀 있어 봐!" 지프가 굽굽이를 나무랐다.

"응? 그게 끝이야? 난 또 음료수 같은 건 줄 알았네."

박사는 아이를 동물들과 식당에서 놀게 놓아두고 위로 올라가 지나가는 돌고래가 있는지 살펴보았다.

그리고 얼마 지나지 않아 브라질로 가던 돌고래 한 무리가 물살을 헤치며 뛰어가다 배 난간에 기대 있는 박사를 보고 안부를 물으러 다가왔다.

박사는 돌고래들에게 주황 머리에 팔에 문신이 있는 남자를 본 적이 있는지 물었다.

"사우씨 샐리 선장 말씀하시는 건가요?" 돌고래들이 되물었다.

"맞네. 그 사람이야. 혹시 물에 빠져 죽었나?" 박사가 물었다.

"바다 밑에서 그 선장 배를 보긴 했는데 안에는 아무도 없었어요. 안에 들어가 봤어요."

"그 사람의 조카가 우리 배에 있네. 해적들이 자기 삼촌을 바다에 던져 버렸을까 봐 엄청 걱정하고 있어. 그 사람이 바다에 빠져 죽었는지 살았는지 그것만 알아봐 줄 수 있겠나?"

"아, 그 사람 안 죽었어요. 바다에 빠져 죽었다면 분명 심해 게나 새우들이 얘기해줬을 거예요. 우리는 갑각류 사이에서 바다의 이야기꾼으로 통하거든요. 그런데 우리가 들은 거라곤 소금물 얘기밖에 없어요. 안타깝지만 우리도 그 선장이 어디 있는지 모르겠어요. 하지만 확실히 바다에 빠져 죽지는 않았어요."

박사는 아래층으로 뛰어 내려가 아이에게 삼촌 소식을 전해주었고 아이는 손뼉을 치며 기뻐했다. 이어 푸시미 풀류가 아이를 등에 태우고 식탁 주변을 돌았다. 그러자 나머지 동물들이 축제의 행렬인 양 숟가락으로 접시 뚜껑을 두드리며 푸시미 풀류 뒤를 이었다.

18

냄 새

“삼촌이 살아있는 걸 알았으니 이제 삼촌을 찾을 수 있을 거야.” 박사가 말했다.

그때 댑댑이가 박사에게 다가와 조용히 속삭였다.

“독수리에게 아이 삼촌을 찾아봐 달라고 부탁해보세요. 동물 중에 독수리 시력이 가장 좋거든요. 몇 미터나 되는 높은 하늘에서도 땅에 기어가는 개미가 몇 마리인지 셀 수 있을 정도예요.”

박사는 댑댑이의 말을 듣고 제비를 보내 독수리를 데려오게 했다. 한 시간쯤 지나자 제비가 각각 다른 종의 검은수리, 흰머리수리, 물수리, 검독수리, 시체 먹는 독수리(벌쳐), 흰꼬리수리를 데리고 돌아왔다. 각 한 마리 한 마리가 아이 키의 두 배 크기였다. 독수리들은 등이 굽은 병사처럼 근엄하고 고요하고 굳게 배 난간 위에 일렬로 서서 빛나는 큰 검은 눈으로 이곳저곳을 빠르게 흘겨보았다.

굽굽이는 독수리들이 무서워 통 뒤에 숨었다. 그리고 독수리 눈이 오늘 점심에 자기가 무엇을 몰래 훔쳐 먹었는지 훤히 꿰뚫어 보는 느낌이라고 했다.

박사가 독수리들에게 말했다.

"남자 한 명을 찾고 있습니다. 주황 머리에 한쪽 팔에 닻 문신이 있는 어부입니다. 혹시 괜찮으시다면 찾는 걸 도와주시겠습니까? 이 아이는 그 사람의 조카입니다."

독수리들은 과묵했다. 그들은 걸걸한 목소리로 "최선을 다해 도와드리겠습니다. 존 두리틀 박사님을 위하여!"라고만 말할 뿐이었다.

독수리들은 훌쩍 날아갔다. 굽굽이는 통 뒤에서 나와 날아가는 독수리들을 쳐다보았다. 독수리들은 계속 점점 더 높이 올라갔다. 그리고 육안으로 겨우 볼 수 있을 높이에서 각각 동, 서, 남, 북 다른 방향으로 뿔뿔이 흩어져 날아갔고 그 모습은 마치 드넓은 푸른 하늘을 가로질러 기어가는 미세한 검은 모래 알갱이 같았다.

"세상에, 높이 좀 봐. 해랑 엄청 가깝잖아. 깃털이 햇볕에 그을릴 것 같아." 굽굽이가 작은 목소리로 말했다.

독수리들은 한동안 돌아오지 않았다. 그리고 그들은 거의 밤이 되어서야 다시 모습을 보였다.

독수리들이 박사에게 말했다.

"모든 바다와 나라, 섬, 도시, 마을까지 세상의 반을 뒤져보았는데도 찾지 못했습니다. 영국 지브로터에 있는 어느 빵집 문 앞의 수레에서 주황색 털 세 가닥을 보긴 했습니다만 사람 머리카락이 아니라 모피 코트 털이었습니다. 땅, 바다, 그 어느 곳에서도 아이 삼촌의 흔적을 찾을 수 없었습니다. 그리고 우리가 찾지 못했다는 말은 곧 세상에 존재하지 않는다는 말입니다…. 저희는 최선을 다했습니다. 존 두리틀 박사님을 위하여."

거대한 독수리들은 말을 마치고 커다란 날개를 펼쳐 펄럭거리더니 이내 집이 있는 산과 바위로 날아갔다.

"음." 독수리들이 떠난 후 댑댑이가 입을 열었다. "이제 어떻게 하죠? 다른 방법이 없을까요? 삼촌을 꼭 찾아줘야 하는데…. 혼자서 길을 잃고 헤맬 만큼 나이가 많은 것도 아니고. 게다가 남자애들은 새끼 오리들이랑은 달라서 어느 정도 자랄 때까지 신경 써줘야 하는데…. 아, 치치가 있었다면 치치라면 금방 찾았을 텐데. 아, 치치가 그립네! 잘 지내고 있으려나!"

"폴리네시아만 있었더라도" 하얀 쥐가 말했다. "폴리네시아라면 몇 가지 방법을 금방 생각해냈을 텐데. 감옥에 다시 갇혔을 때 폴리네시아가 우리를 어떻게 감옥에서 탈출시켰는지 기억나? 폴리네시아는 진짜 똑똑한 새였어!"

"저는 독수리들한테 믿음이 잘 안 가요." 지프가 말했다. "너무 자만해요. 시력이 좋을 수도 있겠죠. 하지만 결국 못 찾아놓고 뻔뻔하게 돌아와서 아무도 할 수 없었던 일이라고 하잖아요. 걔네들은 입만 살았어요. 마치 옆집 개 콜리처럼요. 그리고 그 돌고래들도 못 믿겠어요. 돌고래들이 알고 있던 건 그 사람이 바다에 없었다는 것뿐이잖아요. 우리는 어디에 없는지 알고 싶은 게 아니라 어디에 있는지 알고 싶은 건데요."

"아, 시끄러워." 굽굽이가 말했다. "말이야 쉽지. 하지만 전 세계를 다 뒤져서 사람을 찾는다는 건 보통 쉬운 일이 아니야. 아마 그 사람은 조카를 너무 걱정하다가 머리가 하얗게 세었을지도 몰라. 그래서 독수리들이 찾지 못했던 거지. 너는 그냥 말만 할 뿐 전부 다 아는 건 아니잖아.

지금 도움이 될 만한 행동을 하고 있는 것도 아니고. 너는 그 독수리들보다 더 못 찾았을 거야. 너도 못 찾았을 걸.”

“내가 못 찾았을 거라고? 아무것도 모르면서 함부로 지껄이지 마, 멍청한 베이컨 자식아! 난 아직 시작도 안 했어. 두고 봐. 내가 찾는지 못 찾는지!” 지프가 말했다.

지프가 박사에게 다가가 말했다.

“박사님, 아이에게 삼촌 물건이 있는지 물어봐 주실 수 있나요?”

박사는 지프의 말대로 아이에게 물어보았다. 그러자 아이는 손가락에 맞지 않아 끈을 꿰어 목에 걸고 다니던 삼촌의 금반지를 보여주었다. 그리고 해적들이 오는 것을 보았을 때 삼촌이 주었다고 말했다.

지프가 냄새를 한번 맡고 말했다.

“이건 상태가 안 좋아요. 다른 게 있는지 물어봐 주세요.”

그러자 아이가 이번에는 크고 질 좋은 빨간 손수건을 꺼냈다. 그리고 “이것도 삼촌 거예요”라는 말을 덧붙였다.

아이가 손수건을 꺼내자마자 지프가 소리쳤다.

“코담배다! 확실해요! 래피 담배 냄새에요. 냄새가 확나지 않아요? 삼촌은 담배를 피웠었어요. 물어보세요."

박사가 아이에게 다시 물었다. 그러자 아이는 "네. 삼촌은 담배를 많이 피우셨어요"라고 대답했다.

"좋아! 거의 삼촌을 찾은 거랑 다름없어! 고양이한테 우유를 뺏는 것만큼이나 쉽겠어. 일주일 안에 삼촌을 찾아주겠다고 아이에게 말해주세요. 그리고 같이 위층으로 올라가서 바람이 어느 방향으로 부는지 봐요." 지프가 말했다.

"하지만 날이 졌어. 밤에는 어두워서 못 찾아." 박사가 말했다.

"래피 담배 냄새나는 사람을 찾는 데 빛은 필요 없어요." 지프가 계단을 오르며 말했다. "만약 끈이나 뜨거운 물 같은 애매한 냄새였다면 이야기가 달랐겠죠. 하지만 코담배 냄새는 말할 것도 없어요!"

"뜨거운 물에도 냄새가 있어?" 박사가 물었다.

"물론 있죠. 뜨거운 물이랑 차가운 물은 냄새가 꽤 달라요. 따뜻한 물이었나, 얼음물은 진짜 냄새가 애매하고요. 예전에 어떤 남자를 따라다닌 적이 있었는데요. 어두컴컴한 밤에 16km나 그 사람이 면도할 때 쓰던 뜨거운 물 냄새를 맡으면서 따라갔었어요. 그 사람은 가난해서 비누가 없었거든요…. 이제 바람이 어느 방향으로 부는지 볼게요. 바람은 멀리 있는 냄새를 맡는 데 중요해요. 그래서 방향도 꼭 제 방향으로 불어야 하고 너무 강하면 안 돼요. 습기 먹은 눅눅한 산들바람이 계속 부는 게 가장 좋은데…. 아! 북쪽에서 오는 바람이네요."

지프는 뱃머리로 달려가 바람 냄새를 맡았다. 그리고 혼자 중얼거리기 시작했다.

"타르, 스페인 양파, 등유, 젖은 우비, 부서진 월계수 잎, 타고 있는 고무, 빨고 있는 레이스 커튼…, 아, 아니구나. 말리려고 매달아 놓은 레이스 커튼, 새끼 여우 수백 마리 그리고…."

"바람 한 줄기에서 그 모든 냄새를 다 맡는 거야?" 박사가 놀라 물었다.

"그럼요! 이 냄새들은 맡기 쉬운 냄새들이에요. 냄새가 강하거든요. 게다가 몇 개 되지도 않아요. 길거리에 돌아다니는 코감기 걸린 똥개들도 이 정도는 다 맡을 수 있어요. 잠깐만요. 이번 바람에서는 더 애매한 냄새들을 말씀드릴게요. 몇 개는 정말 희미하네요."

지프는 눈을 꼭 감고 코를 위로 쫑긋 내밀고 입을 반쯤 벌린 채 열심히 킁킁댔다.

지프는 오랫동안 아무 말도 하지 않았다. 그저 망부석같이 가만히 있었다. 숨도 거의 쉬지 않는 것 같았다. 그리고 마침내 지프가 입을 열어 말하기 시작했을 때 그 소리는 마치 꿈속에서 슬픈 노래를 부르는 것 같았다.

"벽돌." 지프가 아주 낮은 목소리로 조용히 중얼댔다. "세월에 허물어진 정원의 오래된 갈색 벽돌들, 계곡에 서 있는 어린 송아지들의 달콤한 숨, 비둘기 집의 납 지붕 아니면 곡물 창고 위에 떠 있는 정오의 태양, 호두나무 옷 수납장에 안에 있는 흑인 아이의 장갑, 시카모어 단풍나무 아래 말 물통이 놓여 있는 먼지 자욱한 길가, 썩은 잎을 뚫고 나온 작은 버섯들 그리고…, 또…, 그리고…."

"하얀 당근은 없어?" 굽굽이가 물었다.

"없어." 지프가 대답했다. "네 머릿속에는 항상 먹는 생각밖에 없지. 하얀 당근이고 뭐고 없어. 시가 담배가 조금 있고 파이프 담배랑 일반 담배는 엄청 많은데 코담배만 없어. 바람이 남쪽으로 바뀔 때까지 기다려 봐야겠어."

"바람 탓 하기는." 굽굽이가 빈정댔다. "거짓말하지 마. 이 넓은 바다 한복판에서 냄새로만 사람을 찾겠다고? 내가 너 못 할 거라고 말해서 거짓말하는 거 아니야?"

"조금만 기다려라. 곧 그 코를 납작하게 만들어 줄 테니까! 박사님이 우릴 막으시니까 가만히 있는 거지, 우리가 가만히 있는다고 네가 마음대로 까불어도 된다고 생각하면 큰 오산이야!" 굽굽이 말에 지프는 머리끝까지 화가 났다.

"그만 싸워!" 박사가 말했다. "그만해! 안 그래도 짧은 생에 싸우지 말거라. 지프, 말해줘. 방금 말했던 냄새들이 어디에서 오는 거야?"

"대부분 영국 데번 주와 웨일스 쪽이에요. 그쪽에서 바람이 불어와요."

"오, 그런가! 지프, 정말 대단해! 다음에 쓸 책을 위해 이 이야기를 적어놓아야겠어. 혹시 냄새 맡는 법을 나도 배울 수 있을까…. 아, 아니다. 그냥 살던 대로 사는 게 낫겠어. 옛말에 '좋은 것도 넘치면 독'이랬지. 자, 다 같이 내려가서 저녁 먹자. 배고프다." 박사가 말했다.

"저도 배고파요." 굽굽이가 말했다.

"멍청한 베이컨 자식아!"

19

바 위

다음날 이른 아침 박사와 동물들은 실크 침대에서 일어나 눈 부신 햇살을 맞았고 남쪽에서 바람이 불어왔다.

지프는 30분 동안 바람 냄새를 맡았다. 그리고 박사에게 가서 고개를 저었다.

"아직 담배 냄새가 안 나요. 바람이 동쪽으로 바뀔 때까지 기다려야 할 것 같아요." 지프가 말했다.

그리고 오후 3시에 동쪽에서 바람이 불어왔지만 동쪽 바람에서도 코담배 냄새는 나지 않았다.

아이는 몹시 실망하여 아무도 삼촌을 찾을 수 없을 것

같다며 다시 울기 시작했다. 하지만 지프는 "서쪽으로 바람이 바뀌었을 때 삼촌이 그대로 래피 담배만 피우고 있으면 중국에 있더라도 찾아 주겠다고 아이에게 말해주세요"라고 말했다.

서쪽으로 바람이 바뀌기까지 꼬박 3일이 걸렸다. 이제 막 날이 밝아 오는 이른 금요일 아침이었다. 아주 고운 빗물 입자가 옅은 안개처럼 바다 위에 은은하게 깔렸고 바람은 부드럽고 따뜻하고 눅눅했다.

지프는 일어나자마자 갑판 위로 뛰어 올라가 코를 하늘로 치켜들었다. 그리고 엄청 흥분하여 박사를 깨우러 아래층으로 쏜살같이 내려갔다.

"박사님!" 지프가 크게 소리쳤다. "찾았어요! 박사님! 박사님! 일어나세요! 찾았다니까요! 빨리요! 서쪽에서 바람이 불어오는데 코담배 냄새가 엄청 나요. 갑판으로 올라가서 배를 몰아주세요. 빨리요!"

박사는 지프의 말에 침대에서 구르듯 일어나 배를 조종하러 방향키로 걸어갔다.

"전 앞으로 가볼게요." 지프가 말했다. "제 코가 향하고 있는 쪽으로 배를 돌려주세요. 이 손수건처럼 냄새가 강하게 나는 걸 보니 멀지 않은 곳에 있는 것 같아요. 바람도 눅눅한 게 너무 좋네요. 이제 저를 봐주세요!"

지프는 아침 내내 뱃머리에 서서 바람 냄새를 맡으며 박사가 배를 몰 수 있게 방향을 가리켰다. 그러자 아이와 동물들이 옹기종기 모여 눈을 커다랗게 뜨고 지프를 경이롭게 쳐다보았다.

점심시간 무렵 지프는 한 가지 걱정이 되어 댑댑이에게 박사를 불러 달라고 했다. 댑댑이가 배 뒤쪽에서 박사를 데려왔다.

"아이 삼촌이 굶어 죽어가고 있어요. 배 속도를 최대로 내야 해요." 지프가 말했다.

"그걸 어떻게 알아?" 박사가 물었다.

"서쪽 바람에서 코담배 냄새 말고는 아무 냄새도 안 나요. 요리를 했거나 뭐라도 먹었으면 분명 그 냄새도 같이 맡았을 거예요. 그런데 마실 만한 깨끗한 물 냄새도 나질 않아요. 먹은 거라곤 담뱃가루가 전부예요. 냄새가 점점 강하게 나는 걸 보니 아이 삼촌과 가까워지고 있어요. 그래도 최대한 빨리 가야 해요. 상황이 좋지 않아요."

"그래, 알았어."

박사는 댑댑이를 제비에게 보내 해적들에게 쫓기고 있을 때와 같이 배를 끌어달라고 부탁했다.

작고 통통한 제비들이 배 밑으로 내려와 한 번 더 몸에 끈을 매고 배에 연결했다.

그러자 배가 몹시 빠른 속도로 튀며 파도를 헤쳐갔다. 배 속도가 어찌나 빠른지 바다 아래 있던 물고기들이 배에 치일까 봐 필사적으로 팔딱거리며 배 옆으로 뛰었다.

동물들은 엄청나게 신이 났다. 그리고 이내 앞바다로 시선을 돌려 굶주리고 있을 아이의 삼촌이 있을 만한 섬과 육지를 살펴보았다.

하지만 시간이 지나도 배는 계속 같은 평평한 바다를 질주할 뿐이었고 섬은 어디에도 보이지 않았다.

이제 동물들은 재잘재잘 수다 떨던 것을 멈추고 걱정과 우울 속에 조용히 앉아 있었다. 아이는 다시 슬퍼졌다. 지프의 얼굴에 걱정이 드리웠다.

늦은 오후 막 해가 지기 시작할 무렵, 돛대 끝에 걸터앉아 쉬고 있던 투투가 갑자기 힘껏 소리를 질렀다. 투투의 소리에 배에 있던 모두가 화들짝 놀랐다.

"지프! 지프! 저기 앞에 엄청 큰 바위가 있어. 하늘과 바다가 만나는 저기 말이야. 그 위에 햇빛 좀 봐봐. 완전 금색이야! 냄새가 저기서 나는 거야?"

그러자 지프가 투투에게 크게 소리치며 말했다.

"맞아. 저기야. 저기에 있어. 드디어, 드디어 찾았다!"

배가 바위에 가까이 다가가자 초원같이 넓고 거대한 바위의 모습이 보였다. 바위 위에는 풀도 나무도 아무것도 자라지 않았고 바위 표면은 거북이 등딱지같이 허전하고 매끄러웠다.

박사는 배를 타고 바위 주변을 둘러보았다. 아이 삼촌은 어디에도 보이지 않았다. 모든 동물들이 눈을 가늘게 뜨고 신중을 기하며 열심히 아이 삼촌을 찾았고 박사는 아래층에서 망원경을 가지고 왔다.

하지만 살아있는 생물은 단 하나도 보이지 않았다. 심지어는 그 흔한 갈매기, 불가사리, 미역 줄기조차도 보이지 않았다.

박사와 동물들은 가만히 서서 무슨 소리라도 들으려고 안간힘을 썼다. 하지만 작은 파도들이 배에 부딪혀 철썩이는 소리만 들렸다.

이제 박사와 동물들은 목이 쉬어라 소리를 지르기 시작했다. "저기요! 아무도 없어요? 저기요!"

하지만 돌아오는 소리는 바위에 부딪힌 메아리뿐이었다. 아이가 울음을 터뜨렸다.

"삼촌을 다시 못 보면 어떡하죠! 집에 돌아가면 가족들에게 어떻게 말하죠!"

지프가 박사에게 큰 소리로 말했다.

"여기 있어야 돼요! 그 사람은 여기 있어야 돼요! 냄새가 더 이상 움직이지 않아요. 여기 밖에 있을 곳이 없어요! 배를 좀 더 가까이 붙여주세요. 바위 쪽으로 넘어가 볼게요."

박사는 배를 최대한 육지에 가까이 붙이고 닻을 내렸다. 그리고 박사와 지프는 배에서 내려 바위 위로 올라갔다.

지프가 배에서 내리자마자 코를 땅에 붙이고 온 바위를 뛰어다녔다. 위아래로 뛰다가 지그재그로 구불구불 돌아다녔고 같은 곳을 두 번씩 맴돌기도 했다. 그리고 박사는 지프가 가는 모든 곳을 바짝 쫓아다니다가 지쳐 숨을 헐떡였다.

마침내 지프가 우렁차게 '멍!' 소리를 한번 내지르고 앉았다. 박사는 지프가 있는 쪽으로 재빨리 뛰어갔다. 지프는 바위 중간에 있는 크고 깊은 구멍을 바라봤다.

"이 구멍 아래 있어요." 지프가 침착하게 말했다. "그 멍청한 독수리들이 못 봤을 만도 하네요! 역시 사람은 개가 잘 찾죠."

박사는 구멍 아래로 내려갔다. 지하로 길게 이어져 있는 것이 꼭 동굴이나 터널 같았다. 박사는 성냥을 켜고 어두운 통로를 따라 걷기 시작했고 이어 지프가 쫓아왔다.

하지만 성냥은 금세 꺼졌다. 박사는 계속해서 성냥을 새로 켰다. 통로 끝에 이르자 박사는 그곳이 돌벽으로 싸여 있는 아주 작은 공간이라는 사실을 깨달았다.

그리고 방 한가운데에는 머리 색이 아주 진한 주황 머리 남자가 팔을 베고 누워 곤히 자고 있었다.

지프가 남자에게 다가가 남자 옆에 있는 물건의 냄새를 맡았다. 박사도 몸을 굽혀 하나 주워들었다. 그것은 어마어마한 크기의 코담배 상자였다. 상자 안에는 래피 코담배가 가득 들어있었다.

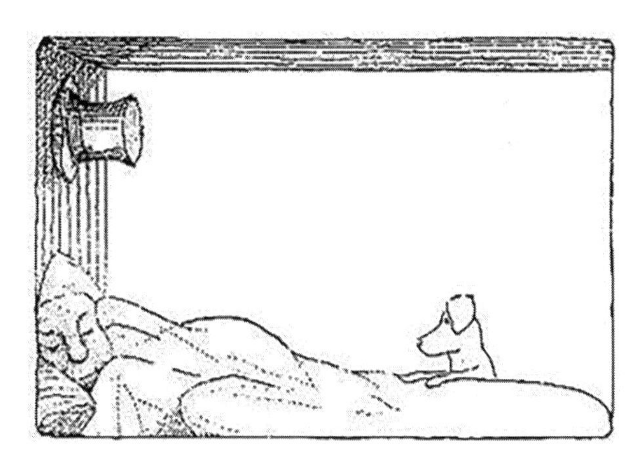

"박사님! 찾았어요!"

지프가 크게 소리쳤다.

20

어촌마을

박사는 아주 조심스럽게 남자를 깨웠다.

그 순간 또다시 성냥이 꺼졌다. 남자는 벤 알리가 돌아왔다고 생각하여 어둠 속에서 박사에게 주먹을 날리기 시작했다.

박사는 재빨리 남자에게 자신을 밝히고 배에 조카가 무사히 있다는 사실을 전했다. 그 말을 듣자 남자는 크게 안도하였고 박사에게 때려서 미안하다고 사과하였다. 하지만 사실 그는 너무 어두웠던 탓에 박사를 제대로 때리지 못했다. 그는 코담배 가루를 한 자밤 집어 박사에게 건넸다.

남자는 해적의 제안을 거절했을 때 벤 알리가 이 바위에 자기를 어떻게 가두었는지 설명했다. 그리고 바위 위에는 따뜻한 곳이 없어 구멍 안에서 자게 되었다는 말을 덧붙였다.

"4일 동안 아무것도 먹지도 마시지도 못했어요. 이 담뱃가루만 먹으면서 버텼습니다." 남자가 말했다.

"그것 봐요! 제 말이 맞죠?" 지프가 말했다.

그들은 성냥 몇 개를 더 켜고 통로를 따라 햇빛이 들어오는 곳으로 발걸음을 옮겼다. 박사는 남자에게 밥을 먹이려 황급히 배로 이동했다.

박사와 지프가 주황 머리 남자를 데리고 오는 것을 보자 아이와 동물들은 환호성을 지르며 배 사방에서 춤을 추기 시작했다. 그리고 배 위에 있던 수많은 제비들이 해적에게 맞선 용감한 삼촌을 찾은 기쁨을 알리려 큰소리로 휘파람을 불었다. 제비들의 휘파람 소리가 어찌나 큰지 멀리 있던 다른 배의 선원들은 큰 태풍이 오는 줄 알고 "동쪽에서 휘몰아치는 태풍 소리를 잘 들어라!"라고 소리쳤다.

지프는 자신이 너무도 자랑스러웠지만 거만해 보이기

않으려고 무척 애를 썼다. 댑댑이가 지프에게 다가와 "지프, 네가 이렇게 똑똑한 줄 몰랐어!"라고 말하자 지프가 머리를 홱 치켜들고 말했다.

"아, 별거 아니야. 사람 찾는 건 개가 잘하잖아. 새들은 이런 거 잘못하기도 하고."

박사는 남자에게 집이 어디인지 물었다. 그리고 제비들에게 남자의 집으로 먼저 안내해 달라고 말했다.

남자가 말한 섬에 도착하자 돌산 산기슭에 작은 낚시꾼 마을이 있었고 남자는 손으로 자기 집을 가리켰다.

박사와 동물들이 닻을 내리고 있을 때 (삼촌의 누나이기도 한) 아이 엄마가 울며 웃는 얼굴로 아이와 동생을 맞이하러 해안가로 뛰어 내려왔다. 언덕에 앉아 바다를 바라보며 아이와 동생이 돌아오기를 기다린 지 20일째 되는 날이었다.

아이 엄마는 박사의 볼에 연신 뽀뽀하며 감사 인사를 했다. 박사는 수줍게 배시시 웃으며 얼굴이 빨개졌다. 아이 엄마는 뒤이어 지프에게도 뽀뽀하려고 했다. 하지만 지프는 배 안으로 도망가 숨었다.

"뽀뽀는 쓸데없는 인사치레야. 난 그런 관습은 따르지 않아. 그렇게 뽀뽀가 하고 싶으면 굽굽이한테나 하라 그래." 지프가 말했다.

아이 삼촌과 엄마는 박사를 급하게 보내고 싶지 않았다. 그들은 박사에게 며칠 더 있다가 가라고 간곡히 부탁했다. 그렇게 박사와 동물들은 토요일, 일요일 하고도 월요일 반나절을 그들의 집에서 보냈다.

마을 아이들이 모두 해안가로 내려가 닻을 내린 거대한 배를 가리키며 작은 목소리로 수군댔다.

"저거 봐! 저 배가 모든 바다를 항해한 그 무시무시한 해적 벤 알리의 해적선이야! 트레벨리안 아주머니 집에 있는 기다란 모자를 쓰고 다니는 할아버지가 저 배를 벤 알리한테 뺏고 벤 알리를 농부로 만들었대. 그런 사람이 저렇게 인자하게 생겼을 거라고 누가 상상이나 했겠어! 저 커다란 빨간 돛 좀 봐! 배가 날쌔고 못되게 생겼어! 세상에!"

박사는 이틀 반나절 동안 조그마한 어촌마을에서 머물며 마을 사람들에게 차와 점심 식사와 저녁 식사 등 여러 자리에 초대받았고, 마을의 모든 여자들에게 꽃과 사탕이 담긴 상자를 선물 받았으며, 마을 악단이 매일 밤 박사의 창문 아래에서 연주해 주었다.

박사가 말했다.

"여러분, 전 이제 집으로 돌아가야 할 것 같습니다. 정말 대단한 환대였습니다. 이 환대는 절대 잊지 못할 겁니다. 하지만 이제는 집으로 돌아가야 합니다. 해야 할 일이 많이 남았거든요."

박사가 집을 떠나려고 하던 찰나 마을 시장과 위엄 있어 보이는 옷차림의 많은 사람들이 거리로 내려왔다. 시장이 박사가 머물고 있는 집 앞에 멈춰서자 마을 사람들이 모두 무슨 일인지 궁금하여 집 앞으로 모여들었다.

여섯 명의 소년 수습생이 빛나는 트럼펫을 불자 마을 사람들이 대화를 멈추었고 박사가 계단 밖으로 나왔다. 시장이 말했다.

"존 두리틀 박사님, 벤 알리 바르바리 드래곤을 무찌른 분께 이 선물을 드리게 되어 영광입니다. 이건 우리 마을에서 박사님께 감사하는 사람들이 준비한 작은 성의입니다."

시장은 주머니에서 작은 휴지 곽 하나를 꺼내 열었다. 그리고 뒷면에 다이아몬드가 박혀있는 더할 나위 없이 아름다운 손목시계를 박사에게 건네주었다.

시장은 아까보다 조금 더 큰 상자를 주머니에서 꺼내고 말했다. "그런데 개는 어디 있나요?"

그러자 모든 사람들이 분주하게 지프를 찾기 시작했다. 그리고 마침내 댑댑이가 마을 반대편에 있는 마구간 마당에서 지프를 발견했는데 지프는 모든 시골 개들의 감탄과 존경을 받으며 고요히 둘러싸여 있었다.

댑댑이가 지프를 박사 옆으로 데리고 가자 시장이 큰 상자를 열었다. 상자 안에는 순금 개 목걸이가 들어있었다. 시장이 몸을 굽혀 직접 지프의 목에 순금 목걸이를 매주자 마을 사람들이 목걸이에 적힌 글을 보고 경탄하여 웅성거리는 소리가 일었다.

목걸이에는 큰 글씨로 이렇게 쓰여 있었다.

'지프-세상에서 가장 똑똑한 개'

집 앞에 모여 있던 모든 사람들이 박사와 동물들을 배웅하기 위해 해안가로 자리를 옮겼다. 아이 삼촌과 엄마와 아이는 박사와 지프에게 거듭 감사 인사를 했고, 박사는 해안가에서 울려 퍼지는 마을 악단의 연주를 받으며 빨간 돛이 펄럭이는 큰 배를 다시 퍼들비 쪽으로 돌려 바다로 나갔다.

'아이 엄마는 박사의 볼에 연신 뽀뽀했다.'

21

고 향

3월의 바람이 지나갔다. 4월의 소나기가 끝났고, 5월의 새싹이 꽃을 피웠다. 그리고 해가 푸른 들판을 내리쬐는 6월이 되어서야 존 두리틀 박사는 드디어 고향으로 돌아왔다.

하지만 박사는 집으로 바로 가지 않았다. 박사는 먼저 푸시미 풀류와 같이 집시 마차를 타고 모든 시골 축제에 들렀다. 축제의 한 쪽에는 곡예를 했고 다른 한쪽에서는 '펀치 앤 주디' 인형극을 하고 있었다. 박사와 동물들은 *'아프리카 정글에서 온 머리가 두 개 달린 진귀한 동물을*

6펜스에 만나보세요' 라는 큰 현수막을 걸었다.

푸시미 풀류는 마차 안에서 준비했고 다른 동물들은 마차 아래쪽에 누워있었다. 박사는 입구 앞에 앉아 입장료를 받으며 안으로 들어가는 사람들에게 미소를 지어주었다. 하지만 댑댑이가 보지 않을 때면 종종 아이들에게 입장료를 받지 않아 댑댑이에게 끊임없이 핀잔을 들었다.

동물원 책임자와 서커스 단장이 박사를 찾아왔다. 그리고 그들은 거금을 줄 테니 그 이상한 동물을 팔아 달라고 부탁했다. 하지만 박사는 그럴 때마다 고개를 저으며 말했다.

"안 팝니다. 푸시미 풀류를 절대 우리 안에서 살게 할 수 없어요. 푸시미 풀류는 항상 자유로워야 합니다. 우리처럼요."

방랑 생활을 하며 박사와 동물들은 신기한 풍경과 광경을 많이 보았다. 그렇게 외국에서 대단한 것들을 보고 겪고 나니 이 모든 것이 꽤 평범하게 보였다. 처음에는 서커스의 한 부분을 맡는다는 것이 굉장히 신났다. 하지만 그렇게 몇 주가 지나고 나니 박사와 동물들은 서커스에 질릴 대로 질려서 너무 집에 돌아가고 싶었다.

그리고 얼마 지나지 않아 수많은 사람들이 푸시미 풀류

'박사는 입구 앞에 앉았다.'

를 보기 위해 떼 지어 마차로 몰려온 덕분에 박사는 공연을 그만둘 수 있었다.

◆

섭시꽃이 만개한 어느 화창한 날 박사는 부자가 되어 퍼들비의 큰 마당이 딸린 작은 집으로 다시 돌아왔다.

마구간의 다리 저는 늙은 말과 처마 밑에 둥지를 만들어 아이를 키우는 제비들이 다시 박사를 보자 매우 기뻐했다. 댑댑이도 익숙한 집으로 돌아와 너무 기뻤다. 집안 곳곳에 먼지가 끔찍이 쌓여 있고 사방에 거미줄이 처져 있어도 말이다.

지프는 건방진 옆집 개 콜리에게 금목걸이를 자랑한 다음 집으로 돌아와 마당 주변을 미친 듯이 뛰어다녔고, 오래전에 묻어두었던 뼈다귀를 찾은 다음 공구 창고 안에 있던 쥐들을 밖으로 내쫓았다. 그리고 지프가 마당을 뛰어다니는 동안 굽굽이는 마당 벽 옆모서리에서 90cm 정도 자란 고추냉이를 파냈다.

박사는 배를 빌렸던 선원에게 찾아가 새 배 두 척을 사주었고 선원의 아이에게도 고무 인형을 사주었다. 그리고 항해 식량을 빌렸던 식료품 가게 주인에게도 식량값을 주었다. 박사는 마지막으로 피아노를 새로 산 후 흰 쥐들을 새 피아노 안으로 다시 옮겨 넣었다 (옷장 서랍에 외풍이 들어온다고 흰쥐들이 얘기했기 때문이다).

박사는 선반에서 낡은 저금통을 꺼내 저금통이 꽉 찰 때까지 돈을 넣었지만 여전히 돈이 많이 남았다. 남은 돈을 다 넣으려면 같은 크기의 저금통이 세 개나 더 필요했다. 박사가 말했다.

"역시 돈은 지독하게 골칫거리야. 그래도 걱정할 필요가 없으니 좋긴 하네."

"그러니까요." 차를 마시려고 머핀을 굽고 있던 댑댑이가 말했다. "너무 좋아요!"

겨울이 다시 찾아오자 눈바람이 부엌 창문을 두드렸고 박사와 동물들은 저녁을 먹은 다음 크고 따뜻한 불 주위에 동그랗게 둘러앉았다. 박사는 동물들에게 큰 소리로 책을 읽어주었다.

저 멀리 아프리카 하늘에는 큰 노란 달이 떠 있었고 원숭이들은 잠자리에 들기 전 야자나무에 모여 재잘재잘 이야기를 주고받았다.

"박사님은 지금 거기에서 뭐 하고 계실까? 사람의 땅에서 말이야! 네 생각에는 다시 오실 것 같아?"

폴리네시아가 덩굴 속에서 끽하고 소리쳤다.

"오실 거야…. 오시겠지…. 오셨으면 좋겠다!"

그러자 강가의 검은 진흙에서 잘 준비를 하던 악어가 원숭이들과 폴리네시아에게 크게 그르렁댔다.

"분명히 오실 거니깐 좀 자!"

'지프가 마당 주변을 미친 듯이 달리기 시작했다.'

옮긴이의 말

두리틀 박사와 동물 이야기는 뉴베리 상을 수상한 유명 아동문학입니다. 하지만 필자는 이 책을 여러 차례 읽으며 어린이보다는 어른에게 더 공감을 살 수 있는 책이라 생각하여 성인 동화로 재구성하였습니다.

이 책의 역자이자 독자로 필자는 두리틀 박사와 동물 이야기를 작업하며 많은 생각이 들었습니다. 돈이 없어도 자기 가치관을 지키며 살고 싶다는 박사와 돈이 안 되는 가치관은 버리고 세상을 따르라고 하는 주변인들, 백인(본 책에서는 '사람'이라고 번역되었지만 원문에서는 'White people'이라고 나와 있습니다)을 무지하고 미숙한 동물로 치부하는 원숭이들과 백인이 되는 것이 유일한 소원이라며 백인 왕자가 되기를 바라는 흑인 왕자.

두리틀 박사와 동물 이야기는 세상의 가치와 선망으로 여겨지는 것을 보여줌과 동시에 그 이면에 가려져 있는 어두움을 보여줍니다. 동물 먹이에 약을 타서 아프게 한 다음 치료해주며 돈을 벌자고 말하는 고양이 먹이 장수와 호의로 대했지만 졸리긴키 왕을 배신하고 값비싼 물건을 훔쳐 달아난 백인, 또 범포 왕자의 외적인 모습만 보며 판단하는 잠자는 숲속의 공주와 동물들의 모습은 세상의 일그러진 가치와 관념에서 시작된 생각이 윤리를 벗어나는 모습을 보여줍니다.

필자는 책을 번역하며 시대는 다르지만 현대에서 겪고 있는 딜레마와 크게 다르지 않다고 느꼈습니다.

세상이 옳다고 여기는 가치는 예외 없이 적용되어야 한다는 세상의 강요, 도덕성과 윤리를 거스르면서까지 얻으려고 하는 물질에 대한 욕망, 그리고 내면보다 외면을 더 중요시하는 문제는 현대사회에서도 화두가 되는 문제입니다.

휴 로프팅은 이러한 사회문제를 이야기에 녹여 독자들에게 당연하다고 생각했던 것들이 정말로 옳은 것이었는지, 본질과 의미를 놓치며 살고 있지는 않은지 물어봅니다.

휴 로프팅은 모험 곳곳에 비판과 질문을 숨겨놓았습니다. 부디 그의 이야기가 여러분의 삶에 도움이 되기를 바라며, 박사와 동물들과 함께한 여행이 즐거우셨기를 바랍니다.

두리틀 박사와 동물 이야기

펴낸 날 · 2021년 11월 01일
지은이 · 휴 로프팅
옮긴이 · 박 요 셉
펴낸 곳 · 아슬란 북스
출판 등록 · 제 2021-000093호
블로그 · blog.naver.com/toby1062
이메일 · toby1062@naver.com
I S B N · 979-11-975321-1-5

The Story Of Doctor Dolittle by Hugh Lofting.
© 1920. Hugh Lofting.
All rights reserved.

This Korean edition is published by Aslan Books Co.

저작권법에 의해 한국 내에서 보호를 받는 저작물이므로
무단전재와 복제를 금합니다.

ASLAN BOOKS